JN198349

シルバーの
自覚ないまま
年は増え

三浦明博

Akihiro Miura

講談社

目次

装画　ひらめぐ商店
装幀　アルビレオ

シルバーの　自覚ないまま　年は増え

料理定年

萬太吉 68歳

老夫婦　消味期限が　過ぎている

＊

外出から戻ると、妻の三枝子《みえこ》が椅子に腰かけて外を眺めていた。物思いに沈んでいるような横顔にも見えた。

萬太吉《よろずたきち》は、さして気にも止めずに買ってきた物を自室へ置いてから、再び茶の間に戻った。今日は少し暖かいとか、冬芽がふくらんできたなとか、どうでもいい話題をいくつか振ってみたが、生返事が返ってくるばかりである。

途中から、何だか様子がおかしいぞと感じてはいたのだが、彼女は前触れもなく驚くべきことを告げた。

「明日から私、〈料理定年〉とさせてもらいますので」

一瞬、頭に空白ができた。〈料理〉と〈定年〉という単語が、すぐには結びつかなかった。図らずも嫌な予感が当たってしまったが、それは予想を遥かに超える言葉だった。

「えーと……どういう意味かな」

内心の動揺を隠して、妻の顔をしげしげと見た。薄く笑っているような表情のまま、三枝子はゆっくりとうなずいた。

「会社勤めしてきた人には定年があります。これまで仕事をご苦労さま、定年ですからもう働かなくて結構です。そういうことですね。私も長年、主婦として充分に働いてきたつもりです。だから、そろそろ休んでもいい頃合いじゃないか、そう思っています」

物を知らない子どもに諭すような、やわらかな口調だった。同時に、どこか突き放すような冷たい調子のまま、彼女はつづけた。

ひと口に家事といっても、炊事、掃除、洗濯、その他こまごまとした雑用まで数えたら、それこそきりがないほどやることがある。実質的には一年三百六十五日、年中無休に等しい。会社勤めのように週休二日でもなければ、お盆休みや正月休みもない。ただ、それが報われることは、ごくごく少ない。やって当たり前と家族の誰もが思っているから。それを自分は五十年近くもやってきた。

彼女はコーヒーを飲み干すと、まなじりを決してという感じで、改めてこう宣告した。

「まずは料理を定年といたします。それと勘違いされないために言っておきますが、これは相談ではありません。宣言です」

宣言というより宣戦布告ではないかと思った。太吉の気持ちは混乱してかき乱され、白濁し、視界ゼロの状態におちいっていた。

この状況でまず頭に浮かんできたのは、食事はどうなるのだ？　という比較的シンプルな疑問だった。口に出そうかとも考えたが、頑《かたく》なとも見える妻の態度に、つい腰が引けた。

「今日、一月二十二日は、私の六十五歳の誕生日なので、良いきっかけだと思います」

「そ、そうですね……」

気圧《けお》されるような迫力に、思わず敬語が口をついて出た。長年見慣れてきたはずの妻の、その静けさに満ちた、底光りがするような凄《すご》みに圧倒されたまま――。

＊

誕生日であると同時に、料理定年のお祝いの日でもあるから、最後の夕食は私が作ります、と三枝子は言った。

最後の夕食……昼間の宣言が、ひしひしと太吉の胸に迫ってきた。最後の晩餐《ばんさん》という言葉がちらついた。今後をどうするのか、どうするつもりでいるのか、話をしなければいけない。

台所で妻が料理をしている気配を感じつつ、茶の間で太吉は考えている。いくら何でも唐突すぎるじゃないか、と思う。そりゃあ現役時代は、料理や家事はおろか二人の子育てすら任せっきりだったから、妻の言い分もわからないではない。

イクメンなどという言葉があるような現代に照らしてみれば、自分などはあまりに何もしなすぎた。それはわからないでもない、わからないでもないのだが、自分たちが育ったのはそういう時代だったし、親にも学校でもそういう風に扱われてきた。

昭和の男なのだ、とつくづく思う。昭和のいろいろな事柄が若者たちの間でブームだというが、そのブームとは真逆の、時代に取り残されっ放しのほうの昭和なのだった。リビングよりは茶の間、キッチンは台所でトイレは厠《かわや》、いや便所と呼んだほうがしっくりくる。単にカタカナと漢字の違いという気がしないでもないが……そして断然、和食派である。

何やらいい匂いが流れてきた。何かを焼いているのか、香ばしくておいしそうな匂いにクゥと腹が鳴った。

いや、もしかすると、そういう物の考え方自体がダメなのか？　個人や家庭の問題を、教育や周囲のせいにして責任逃れしようとする、そういう態度がいけないのだろうか。

時代が移り変わりゆくのは理解しているつもりだし、会社員の頃に嫌というほど痛感もさせられた。昔、上司から仕事で何度も言われたみたいに、自分自身も更新していくことが求められているのかもしれない。

しかし、それも遅きに失した。料理定年は、すでに宣言されてしまっている。

自分が変わる、自分を変える。何かのキャッチフレーズみたいだな。何だか俺、他人事だ。そう、まだ全く現実味がない。

料理が運ばれてくる。お盆に載ったおかずは、焼き魚と野菜の煮物、そして小鉢の酢の物か。それを二人分、座卓の上へ並べると台所へ戻り、今度はご飯と味噌汁《みそしる》を持ってくる。

「魚、旨《うま》そうだな。何の魚？」

「しまホッケ。前にスーパーで安かったときに買って冷凍しておいたの」

「あぁ、そうなんだ……いいね」

何が「いいね」なのか自分でも不明だ。誕生日仕様の、いつもより少しだけ品数の多い夕餉《ゆうげ》をぼんやり眺めながら、あらためて（確かに大変だよなあ）と思った。二人分のご飯とおかずと味噌汁を運んできて、食事が終われば空になった茶碗《ちゃわん》と味噌汁椀と皿を台所まで持って行き、それを全部洗うわけである。

それを毎日毎日、しかも日に三度、一年三百六十五日——。

テレビのニュース番組を見ながら、当たりさわりのない会話を交わした程度で夕食を終えた。不自然だ。あまりに不自然だった。あれほど重大な宣言を聞かされていながら、それについて何も触れないなんて。

だが話を切り出すきっかけが、なかなか摑《つか》めない。怖い、と言ったほうが近いかもしれない。明日からの現実が、太吉にとっての食の現実がどうなってしまうのか想像もできない。

酒を飲もう。もちろん、現実から逃避するためだ。焼酎か日本酒か、はたまたウイスキーを飲むかは、その日の気分次第で自分で決める。しかしいつもならば、肴《さかな》は彼女が用意してくれていた。

酒の肴は、果たして料理定年に含まれるのだろうか。食事を作らないと言っているのに、肴だけ作ってくれるとも思えない。となれば明日からは、買うにしろ作るにしろ、それも自分自身で用意しなければならないことになる。

絶望、という言葉が頭をよぎった。そんなことが、この年齢からいまさらできるのか？　ほとんど自分ではやったこともないというのに、妻からあの話を聞いてからというもの、頭の中は自分に対する無数の疑問符でいっぱいだった。

夕食のあと、見るともなくテレビを虚《うつ》ろな目でぼんやり眺めていた。今日のニュースは、頭の中をすーっと通り抜けていくばかりだった。

と、唐突に画面が消えた。何事かとうろたえていると、ソファの脇を通り過ぎた三枝子がリモコンをテーブルに置いた。顔を見ると、うっすらと笑みをたたえている。

怖い。こんなときの妻が、一番怖い。

一人掛けのソファに腰をおろすと、こちらを見つめているのがわかったが、太吉は思わず視線を逸《そ》らしてしまう。

「お話ししましょう」

「あ、ああ……そうだな」

「私ね、本当は外に出て働きたかった」

何の前触れもなく、そんなことを言った。反射的に顔を見ると、彼女は組んだ自分の両手を見ながら、指をさするように揉《も》んでいる。あまりに予想外のことだった。どう返せばいいのか迷っていると、三枝子は静かに言葉を継いだ。

「どこかの会社に入って、どんな職場でも構わないから、同僚や先輩の人たちと一緒に働いてみたかった。いまはあまりないみたいだけど、社員旅行に行ってみんなでさくらんぼ狩りしてみたり、忘年会に参加してディスコでワイワイ騒いでみたり」

さくらんぼ狩り？　ディスコ？　いったい何の話だ、これは。確かに我が家では、さくらんぼ狩りにもディスコにも行ったことはないが……。一般論なのか、ごく限定的な願望の吐露なのか、量りかねたので黙ったままうなずいた。

「でもお父さんからは、働かないで専業主婦でいてほしいって、ずっとそう言われてたから我慢してた。専業主婦を強いられた」

「それはそうかもしれないが、でも……」

「私の話を聞いて」

ぴしゃりと言われ、太吉は黙った。今日は相当ハードな夜になりそうだという、ヒリヒリするような緊張感があった。

「働いてる妻に比べれば、専業主婦という立場は楽だと思う人もいるかもしれない。ううん、ほとんどの人がそう考えてるんじゃないかと思う。いまの若い人たちの間では、専業主婦が憧れだっていう人も増えてるらしいから」

そうなのか、と力なく相槌《あいづち》を打った。この局面においては、言葉の選び方に高度な繊細さが要求される。ひとつ間違えたら奈落の底へ真っ逆さま、そんな予感に全身を包まれていた。

「私にも他の可能性があったんじゃないか。最近、そんなことを考えることが増えたの。自分にだって、いろんな可能性が広がってたかもしれないのになぁって」

太ももの間に両手を押し付けて、少しの間黙り込んだ。そして下から睨《にら》み上げるように、こちらを見る。

「いまでは恨んでます」

「えーと、何を?」

「お父さん……いえ、あなたを」

不意に、心臓へ錐《きり》を突き立てられた気持ちになった。俺を恨んでる? なぜ。

「子育ての頃のままの呼び方の延長で、お父さんお母さんのまま今日まできてしまったけど、明日からは変えたいと思ってる。私はあなたのことをあなたと呼びますから、あなたも私のことをあなたと呼んでください」

頭の中でその言葉が絡まり合ってこんがらがって、酔いも手伝って訳がわからなくなった。

「確認していいか。つまり、俺もお母さ……そっちも互いにあなたと呼ぶと、そう言ってるのか?」

真顔で妻がうなずく。妻をあなたと呼べるだろうか。混迷の淵に沈んでしまいそうなこちらの心を知ってか知らずか、三枝子の独白はつづく。

「外へ出て働きたいけど、働けない。そんな葛藤を長い間抱え込んでいたせいで、精神的な不調がつづいていたことに、あなたは気づいていましたか？」

「いや、申し訳ないが全然わからなかった。精神的な不調って、例えばどういうたぐいのことだ」

「うつ病。まだはっきりとはわからないけど、でもその可能性が高いって。この手の症状って診断が難しいから、はっきりするまでは時間がかかるって先生が」

「先生って医者のこと？　もしかして心療内科か」

「ええ、何ヵ月か前から定期的に通ってる。あなたには、もちろん黙ってたけど」

「どうして、そんな大事なことを教えてくれなかったんだ。そうとわかってたら……」

「わかってたら？」

言葉に詰まった。彼女はそれを見透かしているのだ。一人目の出産のときも二人目のときも、仕事にかこつけて病院にも行かなかった。大切な子どもが生まれたときでさえそうだったのに、いま頃になって妻が心の不調だからと、やさしい扱いをしてくれるなんて到底思えない。そう言いたいのだろう。

そしてそれは、当たらずとも遠からずだった。ここまで大きな宣言をされて初めて、自分は狼狽《ろうばい》し、この後の人生と真剣に向き合わざるを得なくなった。たかが料理、されど料理だ。

「私が病気と診断されて、それがどんどん進行していって、やがて料理はおろか家事全般をできなくなるかもしれない。そうなったなら、この家の中はどうなると思う？　成れの果ては、きっとゴミ屋敷」

だから、これまで何ひとつ家のことをしてこなかったあなたが、今度は代わりにやってほしい。自分はもう、とても料理などできる心の状態ではない。ただ現時点で掃除や洗濯は、ときどきならできると思う。以前のようにいつでも隅々まできれいで、いつだって洗い立ての服というわけにはいかないかもしれないけど、できる限りは精一杯やろうと考えている。

「私が何もできなくなったら、どうする？　毎日三食、外食するつもり？　家政婦さんを雇って掃除してもらう？　そんな経済的余裕ないよね？　洗濯はコインランドリー？　車で大きなカゴに洗濯物入れて何度も何度も行ける？　それに……」

もうやめてくれー！　と叫び出したい衝動に駆られた。ただでさえ頭は疑問符だらけなのに、そんな矢継ぎ早にはてなマークを投げつけられたって困る。対応できるわけがない。

太吉は途方に暮れた。

*

翌日は当然ながら、朝イチから自分の朝食を、自分で用意することになった。昨日までは朝食は朝の八時前後だったから、太吉の身体もすっかりその仕様になっていて、その頃食卓についた。

三枝子の姿はない。まだ眠っているのか、それともすでに朝ご飯はすませて外出したものか、判然としなかった。気配も感じられない。

だいぶ前から、互いにあまり干渉することなく比較的自由に時間を過ごしてきた。ただ、どちらかに特別な用事がない限り、食事だけはなるべく一緒にとることにしていた。その食事にしたって、別にそうしようと取り決めをしていたわけではなく、何となくそうなっていたというだけのことである。

昨日あんな宣言をされた以上、今後は食事の時間すらバラバラになる可能性もあるなと覚悟はしていたつもりだった。しかし、いざ朝の食卓にこうして一人で座っていると、淋《さび》しさとも侘《わび》しさとも孤独感ともつかない、負の感情に全身が満たされてくる。

炊飯器にはまだご飯がたっぷり残っているからいいが、おかずと味噌汁は、さてどうしようかと思案投首である。とりあえず、インスタントのコーヒーを飲むことにしよう。

コーヒーを一口飲み、冷蔵庫を開けてみた。魚の干物、油揚げ、卵、海苔の佃煮、牛乳、梅干し、そして野菜室には名前もわからないような野菜の数々――。

ぱっと見ただけで、そのままおかずになりそうなものはない。海苔の佃煮と梅干しぐらいか。他はどれも調理の手をかける必要がある物ばかりである。

自慢ではないが太吉は、料理というものがほとんどできない。大学は実家から通っていたし、一人暮らしの独身時代は短かったから外食にばかり頼っていた。そして結婚してからは、彼女も言っていた通り、仕事に注力するためと称して家事はほぼしてこなかった。

それどころか、米を炊いたことすらなかった。学生時代のキャンプで、飯盒《はんごう》と薪で炊いた程度で、それだって詳しい男の指示通りにやっただけである。いまどきは電気炊飯器だから誰も炊けそうなものだが、何しろ未体験のことだけに不安が募る。

ようは、失敗するのが怖いのだ。会社員時代、仕事上での失敗は許されなかった。〈失敗から学ぶ〉などと戯言《ざれごと》を口にする者もいるが、それは比較的大きな企業で、しかも鷹揚《おうよう》な社風を持つ、古き良きサラリーマンの世界だけだろう。

大きな失敗が即、業績に大きな影響を与えてしまうような規模の会社では、そんな綺麗事《きれいごと》や世迷言《よまいごと》を言う者など一人もいなかった。絶対に成果を出せ！　それが金科玉条だったからだ。

こんなことを三枝子に言ったなら、たかが炊飯程度のことで何を大仰な、と一笑にふされるだろう。ただ習い性というものは、一朝一夕では払拭できない。性格だって、すぐには変わらない。料理云々とほざく前に、まず己の気持ちとの闘いに打ち克つ必要がありそうだった。

ぬるくなったコーヒーをすすりながら、太吉はまだ迷っている。味噌汁は諦めよう。だが、おかずを諦めるというわけにはいかない。いよいよ腹が減ってきた。まずは行動すべしと言い聞かせ、茶碗にご飯をよそう。おかずが作れないなら、とりあえずご飯と一緒に食べられるものをと探す。海苔の佃煮を手に取る。

今朝はこれで我慢しよう。そして買い物へ出かけたら、自分が食べられそうなおかずを見繕って買ってくる。

妻の料理定年初日の朝食は、温かいご飯に海苔の佃煮をのせただけのものとなった。味噌汁もどうにかしなきゃなと、その貧相な飯をかっこみながら考えていた。この先々のことを想像すると暗澹《あんたん》たる思いに駆られた。

スーパーでの買い物から帰ると、午後三時になっていた。おやつの時間だなと思い、もしかしてこれも自分で用意するのか、と自らに問いかけて、ふとテーブルを見ると切ったリンゴが二切れ、皿にのっていた。それを横目で睨みながら、腕組みして考える。

(これは、俺が食べていいものなのか……?)

ラップがかけてあるということは、すぐには食べないという意味だろうから、料理はしないがおやつは用意してあげるという、彼女のせめてもの温情なのか。武士の情けというやつだろうか。俺は情けを施されているのかもしれない。

買い物に出かけたついでに、昼食はスーパーマーケットのフードコートですませたが、もう小腹が減ってきた。

その武士の情けを食べているうち、何だか泣きたくなってきた。これがこれから延々と、あの世へ旅立つその日までつづくのだろうか。

＊

そろそろ夕食の準備をしようかと、ぼんやり考えていると、三枝子が茶の間に入ってきた。不思議なことに、すごく久しぶりに会うような、親しかった古い友人に会うような奇妙な感覚だった。

「今夜のご飯、何にするか決まったんですか？」

台所のほうを見やり、妻が言った。太吉は無愛想にならないよう気をつけて答える。

「カレー。レトルトだけど」

「なるほど。それなら簡単だから、いいですね」

まあ、と曖昧に答えた。料理がお手のものの人からすれば簡単かもしれないが、ずぶの素人からすれば、そんなことはない。パッケージの裏には、湯煎《ゆせん》する方法と電子レンジで温めるやり方が書かれているが、まず、その難易度の違いがわからない。

太吉は、ぶつぶつと相手に聞こえる一人言を呟いてみる。

カレーライスは好物の一つだから、どうしても失敗したくない。カレーもご飯も熱々で食べたいので、そのためには同時に温まっていなければならない。ご飯はレンジだとして、カレーは別に温めて最後にかけたほうがいいのか、それともご飯にかけた最終形の状態でレンジがいいのか、はたまたカレーだけ湯煎するほうがおいしくできるのか。

「どれがベストなのか、悩んでる」

「どれだって構わない。出来上がりには、さしたる違いなんてないから。だってレトルトなんだもの。食品メーカーが作ってそのままパックされてるわけだから、まずいわけがないでしょう」

「それはそうなんだが、ご飯とカレー、湯煎とレンジ、その順列組み合わせを考慮すると、いろいろありすぎて……」

「バカみたいねぇ、そんなことで悩んでるなんて。どのやり方で温めたところで大差ないの」

「いや、悩んではないんだ。迷ってるだけで」

「同じことでしょ。迷ってるなら、私が先にやっちゃって構わない？」

「やるって何を」

不憫《ふびん》な人ね、そんな視線をこちらに投げかけて言った。

「私の分の夕食の用意です。台所は一つしかないんだから、お互いに融通し合わないと。時間的にもね」

太吉はササっと手でゆずる仕草をする。

「だったら先にやってくれ。俺はもう少し吟味してみるから」

「吟味って……」

呆《あき》れたように言うと、彼女は冷蔵庫を開けて手早く中のものを取り出した。大きな袋には巨大なピザの写真が印刷してある。

「夕飯にピザを食うのか」

彼女は、こちらをキッと睨むとこう返した。

「逆に訊《き》きますけど、夕食にピザを食べて何かいけないことでもあるんですか？」

「いけないなんて、ひと言も言ってないじゃないか。ただ夜にパンを食べるっていうのが、ちょっと何というか、意外だったから」

「パンじゃありません、ピザです。どうしてパンとピザが同じ食べ物になるのか、その感覚がわからないんだなぁ」

最後は、自分と対話しているような口調だった。冷凍してあったチーズをピザにのせてから、オーブンレンジに入れてスタートボタンを押す。三枝子はテーブルには腰掛けずに立ったまま、ひとり言のように話しはじめた。

「私、もともと和食ってあまり好きじゃないの。ピザやスパゲティ、パンとかハンバーガーとか、そういうほうが好みだから」

「え、そうなのか」

「いわゆる洋食だけじゃなくて、韓国や東南アジアなんかの辛い料理も好き。店で食べたことのない料理を見かけると、どういう味なんだろうって、つい試してみたくなるタイプだし」

「へぇ。例えば、どんな料理？」

あなたは知らないと思うけど、と前置きして彼女は言った。

「石焼ビビンバとかキムチチゲとか、タイのガパオライスもおいしいかな」

「かぱ……かぱお？」

ちんぷんかんぷんな料理名を、彼女は次々と口にする。太吉は全くついていけなかった。

「ガパオライスはタイ料理で、ナンプラーやオイスターソースを……こんなこと、説明してもムダね。とにかく、日本料理とは全然違う味だっていうこと。食べてみておいしいと思ったら、自分の頭の中にある〈好き〉の棚に入れて、苦手と思えば〈嫌い〉の棚に入れる。味覚に関しては私、新しもの好きだし」

ポカンとしている太吉に向かってつづける。私が好きな料理を何度か食卓に出したことがあるけど、あなたは見ただけで顔をしかめて、食べてもほとんど一口ぐらいで残すし、そんなことを何度かくり返すうちに、その後は一切出さなくなった。この人の舌、というか頭は和食しか受け付けないんだな、と思って。

「たまにあなたがいないとき、私一人の食事のときには、買い置きしてあった冷凍食品やレトルトのものを食べてた」

この歳《とし》になって初めて、妻の食べものの嗜好《しこう》を知ることになるとは思いもよらなかった。

「和食というのは基本的に、きちんと作ろうとすればするほど手間ひまがかかる料理が多いものなの。ていねいに出汁《だし》を取ったり、長時間煮込まなくちゃいけなかったり、何かを焼くにしても微妙な火加減が必要だったりするしね。だから料理するにも一々面倒で、大嫌い」

きっぱりと断言する。確かに太吉はこれまで、ほとんどの食事が和食だった。そしてそれは、好きだからというよりも習い性、もっと言えば単なる惰性なのかもしれなかった。

そして何より食に関しては、非常に保守的である。食べ物で挑戦してみようなどと考えたこともない。間違いのない、自分が好きなものを食べていれば満足なのだ。そういえば会社員時代、同僚たちと食事に行ったときにも何度か言われたことがある。「萬さんは、いつも同じものばかり頼みますね」と。

ピー、ピー、ピー、と焼き上がったことをオーブンレンジが知らせた。中からピザを取り出し、タバスコをたっぷり振りかけると台所から出ようとする。と、振り返らないまま言った。

「いまどきのレトルトカレーって、パウチを開けないで箱に入れたままレンジで温められるから、説明書きをよく読んでみて。ご飯とカレーは別々に温めて、食べる前にかけたほうがいいと思うよ」

一瞬だけ、こちらをちらりと見た。

「いまの私の素直な気持ちをひと言で言うと、ブラボー！　って感じ」

うっすらと笑みが浮かんでいた。それだけ告げると、ピザとスープをトレイにのせて出て行った。小さなユーティリティースペースがお気に入りの場所だから、きっとそこで食べるのだろう。

言われた通りにカレーの箱の裏を見てみると、本当にそのままレンジで温めろと書いてあった。爆発や発火しないのかと思ったら、パウチにはちゃんと内部の熱を逃す穴があり、紙箱も燃えないらしい。

こんな些細《ささい》なこと一つとっても、確かに時代は変わっているのだなと、しみじみ実感させられた。カビが生えたような古臭い常識にしがみついて、いっかな変化しようとしない自分が、昭和の人間というより、まるで縄文人のように思えてくる。

いや、そうじゃないなと思い直した。実は縄文人は、当時としては非常に先進的な生活をしており、一万年以上もの長きに亘って安定的に暮らすことができていたと、縄文村歴史資料館へ行ったときに知った。大昔の人々が現代人より劣っていると考えるのは、極めて傲慢であると同時に、そもそも事実誤認なのだと教えられた。

打ちひしがれる思いがした。のろのろと立ち上がると、説明書き通りにパウチを箱に入れたまま、説明書き通りに時間をセットし、レンジのスタートボタンを押した。

*

料理という名の悪魔との、悪戦苦闘がはじまった。縄文人について考えるいとまもなく、食事の時間は日に三度、次々とやってくるのだった。買い物に行くのは面倒くさい、料理なんてしたこともない、などと言っている余裕などまるでなかった。

最大の敵は、腹の鳴る音だった。寄る年波からか、グーグーという威勢の良い空腹の音ではなく、そぼ降る雨に濡れた仔犬のようなクゥクゥという情けない鳴き声を、自らの身体が発するのを聞かされるのは辛いものがある。

こうなると力が入らず、ただでさえ食事の用意などする気になれないというのに、さらに無気力感は加速していく。黙って待っていれば食事が出てきた日々が、極楽のようだった。

彼女も、と、また考えてしまう。あいつも、腹が減って減って仕方がないときだって、頑張って料理していたんだろうな。失ってみて初めてわかる有り難さを表す諺《ことわざ》があったような気がするが、年のせいかさっぱり思い出せない。

料理定年宣言の翌日以降、最初のうちは炊飯器にご飯が残っていたから、それを食べていた。彼女が和食嫌いを告げた通り、太吉がよそった以外でご飯が減ることはなかった。そのご飯も尽きたとき、いくつかの選択肢が頭に提示された。

一つは、炊飯器の使い方を覚えて慣れること。もう一つは、レトルトのご飯を買ってくることだ。さらには、昨今増えている弁当屋やスーパーで弁当を買うことも選択肢にはあるが、毎食それではあまりに不経済だし非現実的である。

いずれにしても、自分にやれそうなことからはじめないことには何も進まない。まずはご飯を炊いてみよう。それが偉大なる第一歩となるはずだ。

台所へ行き、米櫃《こめびつ》から計量カップ二杯分、つまり二合分の米を釜に入れた。多めに炊いて失敗したら大変だからだ。妻の見よう見まねで何度か研ぎ、〈2〉と刻まれた水を入れる線を確かめてから炊飯ボタンを押した。正直こんなことは、ほとんど初体験に近かったものの、やればできるじゃないかと少しばかり自分を見直した。

一時間ほどで炊き上がった。蓋を開けて、絶句した。釜の中に大量の雲海のようなものがあった。そのドロドロの液体の中に、ブヨブヨになった無数の米が浮かんでいる。お粥のようだと思い、試しに一口食べると確かにお粥だった。いったんは見直した自分を見限ってやりたくなった。

改めて釜の内側を確認すると、太吉が入れたのは〈おかゆ〉と表示された線で、〈白米〉はずっと下だった。愕然《がくぜん》とした。

炊き立てホカホカの白飯を心待ちにして、すぐにも食べられると思っていただけに、心底がっかりした。子どもの頃、病気のときに食わせられた嫌な思い出があって、お粥は嫌いだった。

これをリカバーする方法はあるのかと考えてみた。まさか捨てるわけにはいかない。ただ、素人考えでも固いものを柔らかくする方法ならありそうな気もするが、その逆は難しいのではないかと思った。

妻に訊いてみようかと考え、いや、やめておこうと思い直す。失敗してから教えを乞うぐらいならば、最初から訊くべきだった。それから数日間、嫌いなお粥を食べることとなった。

それから数日後。買ってきた惣菜《そうざい》を、とても腹が空いていたのでパックのまま三つほどテーブルの上に広げて食べていると、三枝子が入ってきた。慌ててパックを隠そうとすると彼女は言った。

「どうして隠すの？」

「いや、だって、恥ずかしいというか……」

「買ってきてそのままだから？　別にいいじゃない。わざわざ皿に移したら、後で洗わなくちゃいけなくなるでしょう。パックのままだったら、食べ終わったらそのままプラごみとして捨てられるじゃない。合理的だし何も悪くないと思うけど」

意外なことを言われて驚いた。彼女はたまにパックに入ったものを買ってきても、必ず皿に移してからテーブルに出していた。自分ではやらないが、太吉がそうするのは気にならない。そういうことだろうか。

ともあれ、いつまでも買ってきたものばかり並べているわけにもいかないので、まずはできそうなところからと、目玉焼きに挑戦することにした。

しかし、殻が上手に割れずに黄身が破れてしまい、目玉のない目玉焼きを量産する羽目になった。これほど手先が不器用だったのかと落ち込んだ。味噌汁は、特に太吉の朝食には必須なので、最初のうちはインスタント味噌汁ですませていたものの、すぐに飽きた。何を飲んでも同じ味がするのである。

味噌汁は譲れないと、こちらも挑戦してみることにした。小鍋に湯を沸かし、沸騰させてから味噌を溶いた。よし、と思ったのも束《つか》の間《ま》、具を入れ忘れていたことに気づいた。慌てて大根とにんじんを刻んで鍋に入れて、しばし煮る。試しに食べてみると、野菜は固かった。さらに煮ても一向に野菜はやわらかくならない。スマートフォンで調べてみると、味噌を入れた後では、野菜に火が通りにくいと書いてあった。固い野菜は食べたくないので、しょうがないから野菜を網のおたまで取り出した。飲んでみると、それは茶色く濁った〈味噌風味のお湯〉だった。

筋肉が落ちやすい高齢者は、肉や魚も積極的にとらなければならないというのが昨今の新常識だが、明らかに現状の自分では調理するのが難しかった。魚を焼けば真っ黒焦げ、肉を炒《いた》めようとすれば生焼けになった。たまに焼き具合が上手《うま》くいっても、さっぱり旨くない。何を作っても不味《まず》いのである。ようは味付けの基本が、まるでなってないのだ。

こんなことをつづけているうち、ただでさえ苦手意識の強かった料理に拒否反応が出るようになった。包丁を持ったり鍋を持ったりすると、途端に手が震えてくるのである。

妻に泣きつきたい衝動に駆られたが、わずかばかり残った男の矜持《きょうじ》がそれを許さなかった。なんとかしてやる。昭和男の意地を見せろ。どうにかしてこの苦境を乗り切れば、その先には未来が拓《ひら》けるはずだ。そう言い聞かせながらも、昼は外食、朝晩は買ってきたおかずを並べる日々がつづいた。

時折、台所で妻と鉢合わせすることもあったが、追いすがるような太吉の視線は、相手の冷たい眼差しにあっさりと跳ね返された。料理定年に関して、彼女の意思は強固なようだった。

*

ある日、車でスーパーへ買い出しに出かけた。おかずをはじめ、いろいろな食材がすぐ無くなるのには閉口した。とはいえ、食べて消費しているのは自分だけなのだから、誰に文句を言うわけにもいかなかった。

一人での買い物にも徐々に慣れつつあるが、行くたびに困るのは種類の多さだった。このスーパーは比較的大型店で、それもあって一ジャンルの品数が多いのだ。例えば食用油ひとつとっても、キャノーラ油、胡麻油、米油、オリーブ油等々、料理にうとい太吉には何が何やらである。

(いったい何を基準にして、何を買えばいいんだ……)

ただ迷っているだけで時間が過ぎていくので、結局は安さで選んでしまう。一事が万事で、おかずや惣菜、漬物に至るまで、悩むのが嫌で安い物を買う。そして家で食べてみると、あまりおいしくない。安物買いの銭失いとはよく言ったものだが、それでは次はどれを買うのかとなると、自分の中に選ぶ基準がないため元の木阿弥《もくあみ》で、売り場で堂々巡りとなってしまうのである。

　苦労して買い物をすませ、これで数日は暮らせると安堵しながら駐車場を歩いていると声をかけられた。

「やあ、萬さんじゃないですか」

　振り返ると、サラリーマン時代の同僚だった緒方《おがた》が手にビニール袋を持って立っていた。

「買い物？」

「そういう緒方さんも買い物か。久しぶり」

　それぞれの近況や知人たちのことをひとしきり立ち話をした後、太吉は小声で言った。

「ここだけの話だけど、うちのに料理定年を宣言されてね。弱ってる」

「それはあれなの、もう料理はしませんってこと？　そいつは困ったね、萬さんって料理できるんだっけ？」

　顔の前で手を左右に振ってみせた。

「からっきしダメ。結婚してからずっと料理はあっちに任せっきりだったから」

「そりゃ大変だなぁ。仕事を逃げ口上に家のことを長年サボってた人は、定年になってから、溜まりに溜まったつけが一気に押し寄せるって聞きますよ。萬さんもその口じゃないの」

「そういう緒方さんは、どうなの」

そう言って彼の買い物袋を見ると、ネギとゴボウが勢いよく飛び出していた。

「うちは大丈夫よ。学生時代も独身サラリーマン時代も自炊してたし、空いた時間を見つけてちゃちゃっと料理はやってたから、お手の物なんだ。単身赴任で岩手にいた頃なんて、自分で弁当まで作って持って行ってたぐらい」

その腕前が羨ましかった。戻れるものならば、いまからでも昔に戻って料理の基礎を身につけておきたかった。しかし戻ったところで、やはり料理に手は出さないような気もしてくる。ため息をついて太吉は言った。

「作れないからと思って、出来合いのおかずや惣菜にだいぶ頼ってたんだけど、どの店に行っても似たような味で、すぐに飽きてくるんだ。かといって自分で作ってみると、今度は不味くてね。八方塞がりの状況さ」

緒方に誘われて、自動販売機で缶コーヒーを買い、ベンチに並んで飲んだ。遠くを眺めていた緒方が、ぽつりと言った。

「萬さん、確かカレー好きじゃなかったっけ」

「好きだけど」

「だったらカレーを作り置きしとくといいよ。大量に作っておいて、冷凍しておけば長持ちするし」

頭をガツンと殴られたような思いがした。そうだ、どうしてこれまでカレーを作ってみようと思いつかなかったのか。

「そうか、カレーか。それはいいアイディアだな」

「アイディアってほどじゃない、ごく普通のことだよ。俺もよくやる。飽きてきたら、うどんにかけたりカレー炒飯にしてみたり、バリエーションが利くから重宝するんだ。料理はできないかもしれないけど、萬さんは趣味とかでけっこう凝り性だったから、やりはじめたら案外ハマる気もするけど」

凝ったカレーにしようと思うと長続きしないから、まずは当たり前のカレーを当たり前に作ってみること。それができるようになったら、自分の好きな具材のカレーに挑戦してみるといい。そんなアドバイスをくれた。

「ありがとう、本当に助かった！　なんだか希望が見えてきた。実のところ、俺は毎食カレーでも構わないぐらい大好物なんだ」

「毎食は無理だろう」

「でもインドや東南アジアの人たちは、毎日毎食カレーでも飽きないじゃないか」

緒方と別れた後、スーパーに戻ってカレー用の豚肉を買い足した。よし、帰ったら早速調理開始だ。少しだけ軽く明るくなった気持ちとともに車に乗り込んだ。

*

一ヵ月ほどが過ぎた。

「もしかして、またカレー作ってるの」

珍しく三枝子が話しかけてきて、そう聞かれた。誰かに話したくて仕方なかった太吉は、待ってましたとばかりに答えた。

「もしかしたら俺は、物凄いものを発明してしまったかもしれない」

彼女はいったん体を後ろに反らし、太吉の頭から足までを眺め回している。

「近頃ちょっとやつれてるけど、大丈夫?」

「そんなことはない。気力体力ともに充実してる」

「そう……で、発明って何のこと?」

「カレーだよ。しかも、万能カレーを考えついたんだ。一日三回食べても飽きないカレー」

「カレーは、まあ万能といえば万能だけど」

「そういう意味じゃない。ご飯にもなる、酒の肴にもなる、そしておやつにもなる、そんなカレーだ」

「……物凄く嫌な予感がする」

三枝子は両手を腰に当てると、さあ聞かせてもらいましょうかという態勢になった。

「蕎麦《そば》打ちにハマって蕎麦屋を開きたいとか、そういうありがちなことを言い出したらどうしようかなって、ちょっと心配してたんだけど、まさかハマったのがカレーとはね」

スーパーで同僚だった緒方に会い、アドバイスを受けたことを伝えた。

「あるとき突然、閃《ひらめ》いたんだよ。いまさらこの年から、料理が上手になんかなれっこないんだ。そもそもの素養がないんだから。だったら料理全般を目指すなんて無謀なことは諦めて、一つだけに絞ろうって考えた」

「それで行き着いたのがカレーだった、と」

うんうんと、大きくうなずいて見せる。太吉は自信満々だった。

「一点突破、全面展開だ」

「どういう意味？」

「学生運動が盛んなりし頃、よくそういう物言いをしたんだ。つまり、蟻《あり》の一穴《いっけつ》からダムを崩すってことだな。それで俺は来る日も来る日もカレーを作った。不眠不休で作りまくったんだよ！」

これまで試したものを一々挙げていった。豚、鶏、牛肉のカレー、きのこカレー、なすカレー、あさりカレー、この辺りまでは、まあよくあるものである。

「ただ、何というかパンチが足りないし、飽きてくるんだな。それを画期的に解決したのが万能カレーだ。カレーに、ありとあらゆる具をのせる」

「のせる？　入れるんじゃなくて？」

「そう。ご飯を盛って、カレーをかけて、その上に具をのせるんだ」

「……例えば？」

「最初のきっかけは焼き鳥だった。酒のつまみに焼き鳥が食べたくなってな。もちろんご飯も食べたい。それで思い立って、買ってきた焼き鳥を温めてカレーにのせてみたわけだ。すると驚くなかれ、すばらしく旨かった。炭火焼きの芳ばしさと、カレーの辛さとがとても合った」

「カレーと焼き鳥だったら、別々に食べればいいだけじゃない」

「そんなのは一般論で、ただの常識に過ぎない。俺はいま、非常識なカレーの話をしてる」

「……？」

「とにかく、その調子で好きなものをどんどんのせてみた。塩辛カレー、とろろカレー、めかぶカレー……これはドロッドロになったな。けど旨かった。そして大きな飛躍の一歩となったのが、あんこカレーだった」

「……はい？」

「あんこをかけてもおいしく食べられると知って、そうか、カレーはおやつにもなるのか、とわかった次第だ。さらにエスカレートさせて、仙台《せんだい》名物ずんだカレー、団子カレー……攻めすぎだと思うか？　でも、これで酒の肴にとどまらず、おやつにまで進化したわけだ」

「そういうの、進化って言うのかな」

「確信を深めた俺は、ある日、究極の一品に挑戦してみることにした」

三枝子はそこで、わざとらしく大きなため息をついた。

「もうここまでくると嫌な予感しかしないんだけど」

「それが刺身カレー」

ポカンと口を開けたその姿を見て、ウォーと勝《か》ち鬨《どき》を上げたくなった。

「カレーの上に、刺身をのっけてみた。刺身のほうがあまりにさっぱりし過ぎてると、カレーの強烈な味に負けるから、脂ののったブリをのせた。これが絶妙に旨いんだ！」

「だ、か、ら、別々に食べればいいでしょ」

「別々に別々にってあんたは言うけどな、カツカレーってのがあるじゃないか。カツカレーの件は、どうなる？」

「カツカレーの件って言われても……」

彼女は意表をつかれたという顔つきで、言いさした。

「トンカツもカレーも、俺はどっちも好きだ。いや、俺に限らず日本人で嫌いだと言う人は多くないだろう。そして万一あんたの言うことが正論だとしたら、トンカツはトンカツ、カレーはカレーとして、別々の皿に盛って出せばいいはずだ。なぜそうしないのか。それは、一度カツカレーの味を知ってしまった人間は、カツとカレーが別々の世界になんて、二度と戻れなくなるからなんだよ！」

訳もなく気宇壮大な話になってきた気もするが、もう興奮して止まらなくなっていた。喋《しゃべ》った言葉の熱が次の言葉へと飛び火して、どんどん白熱していく。

「炊きたて熱々ご飯の上に、揚げたてのトンカツをのせて、その上に皿から溢《あふ》れんばかりにたっぷりとカレーをかける。トンカツをかじり、カレーがのった白ご飯を口の中へと放り込み、ハフハフと頬張る。そのとき全ては渾然一体《こんぜんいったい》となって、口の中で溶け合う……話は簡単だ、そのほうが旨いからさ。違うか？」

引き気味で彼女は答える。

「ごめん、私カツカレー食べたことないから」

「それは人生における極めて重大な損失だね。心からの同情を禁じ得ない」

人差し指を、おもむろに彼女に向けた。

「全ての食はカレーに通ず。これが今回の修業を通して、俺が得た教訓だ。そんなカレー放浪、カレー遍歴の果てに、究極の究極とも言える一杯に辿《たど》り着いた。それが、掛けカレー」

彼女は首をひねって言った。

「そもそもカレーはかけるものでしょう」

「いや、そっちのかけじゃない」

彼女の顔の真ん中に、はてなマークが見える。

「掛け蕎麦、掛けうどんの、掛けだ」

「玉ねぎを長時間炒めたり、何種類もの香辛料をたっぷり使ってルーを作ったりとか、そういう手の込んだカレーっていうこと？」

「いや、ハウスだ」

何を言っているのかわからない、という相手の表情が痛快極まりない。

「ハウスバーモントカレー。中辛」

「言ってる意味が、さっぱりわからないんですけど」

「真っさらな熱い白ご飯の上に、具ひとつ入っていないカレーソースだけを、そっとのせてやるのさ。まるで、すやすやと眠りについているご飯を、やさしく包み込む布団のようにね。それが掛けカレー。俺が発見した、究極のカレーだ」

彼女はすっかり呆れ顔に変わっていた。

「さんざん寄り道した挙句に、当たり前の簡単カレーに戻っただけじゃない。そんなのは、キャンプの飯盒炊さんで作るのと一緒でしょ」

説明しているうちに、どんどん疲れてきた。立っているのもしんどくなってきて、思わず椅子に腰かけた。何が何だかわからなくなってきた。自分で自分がよくわからない――。彼女は肩を叩《たた》くと静かに言った。

「少し休んだほうがいいよ、疲れてるんだから。たぶん、カレーの悪魔に取《と》り憑《つ》かれたんだよ」

「……カレー」

「なに？」

「カレーを……もっとカレーを……」

「ゲーテか！」

猛烈な疲労に襲われ、太吉はソファに崩れ落ちた。

＊

数日後、茶の間で新聞を読んでいた三枝子に、気になっていたことを恐る恐る尋ねた。

「例の、あのほうは、その後どうなった」

「あのほうって何のこと？」

「ほら、病院の。まだ病名がわからないと言ってたろう」

彼女は新聞を閉じ、老眼鏡を外してから太吉を見た。

「先週病院へ行ったとき、診断がついたと言われました。比較的軽度のうつ症状ということらしいけど」

「うつ症状……それはあれか、やっぱり長年の我慢が原因なのか」

「そうね。長い間の抑うつ状態が積もりに積もって、何かがきっかけとなって噴き出してくることが多いみたい。ただ、そのきっかけは人それぞれだし、生活環境によっても違ってくるから、一概にこれ一つが原因と決めつけるのは難しいだろうって、先生は」

どこか他人事のような調子で、彼女は淡々と告げた。

「つまり、どうすればいいのかな」

三枝子は窓の外に目をやった。青い空に白い薄絹のような雲が浮かんでいた。

「いいお天気」

固唾をのんで次の言葉を待った。

「一度、リセットしてみたかったのかもしれない。これまでの自分のことも、あなたとの関係も」

リセット……いよいよ、あれを切り出されるのか？　いわゆる熟年離婚か？　戦々恐々として口を開けない太吉に向かって、妻は静かな口調で言った。

「もう少し、いまの状態をつづけてみましょう。あれほど珍妙なカレーをいっぱい作れたんだし、少しは料理をできるようになったでしょうから、自分の食事は自分で用意するように」

「もちろんだ。何だったらお前の……いや、あなたの分も一緒に作ったっていいぞ……いいですぞ」

彼女がちょっとだけ笑った。妻に対して、あなたと呼ぶのは初めてのことだ。

「私一人分の食事なんて、どうにだってなるから。味が濃いとか薄いとか、固いだの柔らかいだの、うるさいことを言う相手に合わせて料理することに比べたら、そんなの何でもない。それに毎日カレーなんて、考えただけでもゾッとする。とにかく」

三枝子は立ち上がってつづけた。

「私は料理定年しました」

ダメ押しの宣言だった。そして宣言の後には、予言とも脅しともつかない言葉が出た。

「最終的に私がどのような選択をすることになるのか、それは、これからのあなたの努力にかかっていると考えてください。よろしいですね？」

背筋がゾワっとした。言い方がていねいなぶん、空恐ろしい。慌ててコクコクうなずくと、彼女はさらに力強くこう言った。

「精進して。料理だけじゃなく、家事全てに」

承知いたしました、と答える。考えうる最悪の事態、熟年離婚を言い渡されることに比べたら、それだけでも御の字である。それに、わずかばかり料理が愉《たの》しくなりはじめている自分も発見できたしな。

何歳になったって、人は変われる。いや、変わらなきゃいけないこともある。そう気づかされたことが最大の収穫だった。何もできなかったジイさんから、何でもできる、いや、挑戦しようとするジイさんになろう。太吉は心にそう誓った。

太吉にとってうれしい後日談があった。

あれ以降も、たまにカレーを作ることはあったのだが、娘一家が遊びに来た際、三枝子がその話をしたところ娘は大いに驚いた。あのお父さんが、よりによって料理？　という反応だった。

それまでに試したカレーのさまざまなバリエーションを話して聞かせると、皆は笑って聞いていたのだが、小学生の男孫だけが掛けカレーの説明に食いついてきたのである。

作り置きして冷凍してあったので、解凍して皿に盛って出してやったところ、あっという間に完食してしまった。普段から食が細いということで親は心配していたのだが、一皿ペロリと平らげたのを見て目を丸くした。

太吉は鼻高々になって、そんなに旨かったかと孫に訊くと、彼は満面の笑みを浮かべ、皿を持ち上げてこう言った。

「うん、おいしい！　だってこのカレー、野菜が一個も入ってないもん！」

一瞬の間が空き、それから茶の間に笑いがあふれた。

定年後　あなたも主夫と　言い聞かせ

高額香典

一条ヒサ　74歳

礼服の　黒ネクタイが　出ずっぱり

＊

交差点に、黒く縁どられた案内看板が立っている。言わずと知れた葬式看板だが、何かを競い合うように三枚も並んでいる。

そして驚くべきことに、その同じ場所へ、さらに新しく立てようとしている人間がいるのである。紐《ひも》をくくりつけやすい電柱や標識は、すでに先着の三枚に占領されているため、四枚目を設置しようとしている男女の二人組、たぶん葬儀社の人間だろうが、非常に苦労しているようだった。

人、死に過ぎだ……。

一条《いちじょう》ヒサはタバコを吸いながら、そのようすを向かいの角から見物している。近頃は、この手の看板を目にすると気持ちがザワザワしてくる。もう他人事ではないなと、どこかで痛感させられるからだ。

ほんの十年ばかり前までは、まったく気にならなかったのに。あたしも年とっちまったもんだなと、しみじみ思う。ヒサは今年だけでも、親戚や知り合いの葬式に四回も出ている。クリーニングから戻った喪服の着物を、箪笥《たんす》にしまう間もないほどだった。

四苦八苦しながら、看板をフェンスに紐で括《くく》りつけていた二人が帰って行った。信号を渡って近づいて行き、四枚の看板を見比べてみた。名字はみなバラバラ、葬儀社は二社がダブっていて、旧農協系の会社のものだった。農業関係者たちから広く支持されているのか、少なくともこの交差点では人気ナンバーワンである。

最後の立て看板の名前に、ふと目が留まった。〈故　高倉錦之介〉という名前に見覚えがあった。名字は高名な映画俳優、名前の方が往年の歌舞伎役者と同じだったからだ。

親がファンだったのかもしれないが、なかなか大胆な名前を付けたもんだこと、と、まるで同じ印象を持ったような記憶が、ずいぶん昔にあった気がした。

最近はいろいろと忘れることも多いが、不思議に古いことは憶えている。すぐには思い出せないが、確か亭主の関係者の誰かに、これと似た名前の人がいたのではなかったか――。

家に戻って部屋の物置を物色してみる。亭主が死んだのはかなり前のことになるが、葬儀のときの香典帳は、まだ残してあったはずだった。たとえどんな些細なことだとしても、世間の義理に関する事物は捨てることのできない世代である。

それなりに大きな会社に勤めていたから、葬式にも、それなりの数の参列者がいた。昨今の流行りでは家族葬やら密葬やら、小規模の葬儀が増えてきたと聞くけれども、当時は、まだまだ葬式というのは盛大なイベントだった。

ヒサは元来、記憶力はいいほうである。ただ、寄る年波のせいで物忘れは増えている。これまでの人生の記憶をたくさん詰め込んだ箪笥があるとして、大小さまざまの抽斗《ひきだし》に、それらはしまい込まれている。確かにそこに存在はしているのだが、把手《とって》が取れてしまっているため、引き出そうにも引き出せない。そんな把手の取れた抽斗が、自分の頭の中にたくさんある。そんな感じなのである。

当時の家計簿などに紛れて、香典帳があった。指を舐め舐めページをめくっていった。やはり、あの名前があった。ただし住所と姓名、香典の金額だけだから、亭主との関係性は不明だった。

(……ん?)

「嘘だろ?」

戻しかけた香典帳を思わず二度見して、ヒサはひとり言を呟く。

「うーん、これ本当か？　記帳間違いじゃないか?」

その欄には、〈高橋錦之介　五〇万円〉とあった。

香典に五〇万……そんな金額を包むとは、どう考えても尋常ではない。亭主の会社の社長だろうか。いや、そんなはずはない。こんな名前ではなかったはずだし、だいいち平社員だった亭主に、いくら社長だとしても、これほどの金を包む道理がない。家の上にはうだつがあったが、亭主はうだつの上がらない会社員だった。

だとしたら、この高橋錦之介とは、いったい何者だ?

そして何故、高額の香典を包まなければならなかったのか?

謎である。しばし考えてみたものの解決するわけもなく、心のモヤモヤは募る一方である。

さっきの葬式看板を思い出してみて、もう一つ疑問が湧いた。

さっきの故人と、名字が違っていた。印象的な名前だったから、そっちは記憶に残っていたが、名字は確か〈高倉〉だったような気がする。これは、どういうことだ?　単に似た名前の、別人物なのか。

そのとき唐突に名案が閃いた。

(何だか面白そうになってきたぞ。ここは一丁、その葬式に潜入して探ってみるか……)

よっこらしょっと、気合を入れて立ち上がった。愉しい暇つぶしのタネが、その葬儀会場に転がっていそうな予感がしてきた。

よーし、告別式の日時は、と……見てない。仕方がないので、再びあの交差点まで行って確認することにした。

やはり故人の名前は〈高倉錦之介〉だった。香典帳のほうは〈高橋錦之介〉だから、たった一文字違いである。これは絶対に何かある、そう確信した。

通夜は十一月五日の午後六時、告別式は六日午後二時から。六日といえば明日じゃないか。こりゃ大変だ、のんびり構えてる場合じゃない。

急いで家へ戻ると、いそいそと喪服の着物を引っ張り出して準備をはじめた。高額香典の謎を知りたい気持ちもないではないが、それ以上に、意味もなくワクワクしていた。平凡で変わり映えのしない老後の日々の中で、これほど気分が高揚することなど滅多にない。

しばらくご無沙汰していた、いぢわるの腕がなまってやしないかどうか、久方ぶりに試してやろうじゃないか。

＊

予想していたよりも大きな葬儀場だった。参列者も多く、会場にはざっと見積もっても七、八十席の椅子が並べられていた。受付も混雑しており、ヒサは親族以外と書いてあるほうに並んだ。

香典の金額は迷いに迷ったが、もらったのは二十年以上も前のことだし、すっかり忘れていたものの、それ相応の香典返しもしたはずだし、しがない年金暮らしということで一万円にした。町内なら五千円だから、これでも相当奮発したつもりである。

「喪主の方は、どちらにいるかご存知ですか」

受付で記名してからヒサは尋ねた。若い女性は小首を傾《かし》げて答えた。

「今日は忙しくて、あちこちでご挨拶してると思いますので、いまどこにいるかは、ちょっと」

「その人、どんな顔してるの？」

彼女は一瞬、何を訊いているのだという表情で固まった。

「あの、ご存知ないんでしょうか」

「そう。何か特徴があれば、あたしのほうで探しますから。何かありませんか、顔が丸いとか四角いとか、頭が禿げてるとか白髪とか、太ってるとか……」

彼女はヒサに顔を近づけると小声で言った。

「背が低くて、小太りで、髪は」

手を額から頭の、てっぺんまで移動させてから、さらにヒソヒソ声になった。

「この辺まで、ございません」

ございません……無い髪の毛に丁寧語？

「ひげは？」

「あ、口ひげを少々」

「まるで、地元不動産屋の社長って感じだね」

彼女は目を見開いた。

「まるで、じゃなくて、そうなんです！」

ありゃー、と思う。礼を述べて会場へ入った。うちの亭主と故人とは、いったいどんな関係だったのだろうか。

捜しながら会場内をうろうろしていて、わかったことがあった。高倉錦之介は不動産会社の会長で、喪主である息子が跡継ぎ社長、ということらしい。

その、お目当ての人物とおぼしき男を発見した。まさに受付の彼女が教えてくれたとおりの風貌だった。「ミスター不動産屋」と名付けたいほど見事な外見である。身内か社員かわからないが、二人の若い男に身ぶり手ぶりで話している。

少し離れた場所から見つめているヒサに気づくと、如才なく会釈してきたので、軽く頭を下げた。男二人が、その場から消えると、いったんはきびすを返して立ち去ろうとしたが、何か気になるのか近づいてきて言った。

「本日は、お忙しいところをありがとうございます。えー、父とはどのようなご関係の方でしょう」

「ご関係というか、無関係です」

男は戸惑い、曖昧な笑みを浮かべた。どう返していいのかわからない、という反応だ。

「と、言いますと？」

「あたしじゃなくて、あたしの死んだ亭主が、あなたのお父上と何か関係があったようなんですよ」

「うちの父と、亡くなったご主人が……」

まだ戸惑っているようすだったので、単刀直入に告げた。

「亭主の葬儀に、といってももう、だいぶ昔のことなんですけど、お父上の名前で五十万円もご香典をいただいたようで」

男は、それまで少ししょぼしょぼした感じだった目を突然、見開いた。瞳の奥に驚愕の色が浮かんでいる。

「そのお礼旁《かたがた》、参列させてもらった次第で。偶然、今日の葬儀の看板を見つけましてね」

「うちの父が……そんな香典を」

「今さら詮索しても、とは思ったのですけど、それにしたって、どうしてそんな高額な香典をいただいたのか、よろしかったら訳を教えてもらえないかと思ったものですから」

場内にアナウンスが流れ、参列者が式場に入りはじめた。

「今は喪主ということでお忙しいでしょうから、式のあとにでもお話しさせてもらえないでしょうか」

男は、「はい」と「いいえ」の中間ぐらいの、中途半端な角度に首を曲げた。なるほど、できればそこには触れずに済ませたいってか？　そうは問屋が卸《おろ》すか。

だったらここは、是が非でも口を割らせてやろうじゃないか。ヒミツの匂いがぷんぷんしてきた。他人のヒミツは蜜の味、だ。

はてさて、いったい、どんな面白い話が飛び出してくるのか。葬式だというのに、どこか心躍るような心持ちでヒサは会場へと向かった。

＊

人数が多いことを除けば、ごく当たり前の、つまり昔ながらの葬式だった。ただ、孫の別れの言葉が印象的で、心に残る弔辞だった。

さっきの錦之介の倅《せがれ》、名前は高倉錦太郎《きんたろう》というらしい。その錦太郎を捕捉すべく、ヒサは外の廊下で網を張った。

それにしたって父親が錦之介で、息子が錦太郎……なんて名前の親子だろうね、まったく。まさかスーツの下に〈錦〉と染め抜いた腹掛けをしてるわけじゃないだろうな。

網を仕掛ける場所を何度か変え、ようやっと獲物がかかったのは、式が終わって二十分ばかりたった頃だった。駐車場に近い裏口近くのソファーに腰かけていると、小太りの男が、せかせかと歩いてくるのが見えた。

「高倉さん」

声をかけると、何事か考えこんでいたようでビクリと立ち止まった。こちらが誰か、すぐにはわからなかったらしく、口を開きかけ、そこでやっと思い出したのか声を出さずに（あぁ）と言った。

ヒサが、どうぞと一つ離れた席を指すと、彼は困ったような顔で腕時計を見た。俺は急いでいるのだというアピールだと解釈し、今度は有無を言わさぬ口調で、どうぞと告げた。せっかく捕まえた獲物だ、誰が逃すか。

「それじゃ五分だけ」

そんな言い訳をしつつ、錦太郎は浅く腰かける。

「えーと、親父《おやじ》の香典の件でしたね」

ヒサは、うなずいて言った。

「何ゆえに、五十万円なんて大金を包んでくださったのか、あたしゃ不思議でしょうがないんですよ。その辺のところの事情、何かご存知なんじゃないですか？」

きっと、そこには何か重大な理由があるはずと考えていたが、あえて何も言わなかった。ただでさえ嫌がっている相手を追い詰めてしまえば、さらに口を固く閉ざしてしまう恐れがある。ここは茹《ゆ》でガエルの論法で、じっくり行こうじゃないか。

しばし迷ったのちに彼は言った。

「一条さんとは、あなたのご主人の一条啓介《けいすけ》さんと父とは、知り合いだったんですよ」

「はあ、やっぱりそうでしたか」

「香典は、まあ、かんたんに言えば口止め料みたいなものです」

あまりにあっさりと白状されたため、意表をつかれた頭が、しばし思考停止してしまった……ダメだダメだ、相手に主導権を握らせちゃいけない。

「口止めって、あなたの父上は何を口止めしたんです」

錦太郎は乾いた笑い声を上げた。

「そのために大金を包むほどの内容を、つまり父親の秘密を初対面のあなたに話すとお思いですか？」

確かに理屈だ。ただし、事がこんな方向に転がったのならばヒサだって、はいそうですかと引き下がるわけにはいかない。こちとらにも意地とヒマがある。意地があるからこそ、いぢわるなのだ。そして年寄りだから、ヒマなのだ。何がなんでもその五十万円分のヒミツとやら、暴いてやろうじゃないか。

「いま聞いててギモンが湧いてきたんですけどさ、口止め料ってのは、ふつう生きてるときに相手に渡すもんだと思うわけですよ。死んじまえば、死人に口なしって言葉もあるぐらいで、放っといたって喋ろうにも喋れないわけだもの。そうでしょう？　だってもう、死んじゃってるんだから」

少し間が空いて、彼は「まあ、そうですね」と言った。それじゃどうして、と問い詰めようとしてハハンと思った。

「生きてるうちに口止め料として金を渡しちまったら、逆に、それをネタにさらに金を要求される危険性があると考えた、とか」

今度は、だいぶ間が空いた。

「そういうことも、なくはないでしょうが、でも、それだけじゃないでしょう。金の無心も一回が二回、二回が三回とエスカレートしていくのは、ままあり得ることでしょうから、その予防線を張っておくという意味も、多少はあったかもしれませんが」

「あたしが、いまひとつわからないのは、まず、うちのバカ亭主が生きてるうちに口止め料ももらわないで、どうして律儀にそのヒミツとやらを守ったのかってこと」

ヒサは相手をギロリと睨《ね》めつけた。

「そしてあんたの父上、錦之介さんのほうも、うちのが死んじまったら、もうヒミツが漏れる気遣いはないってのに、あれほどの額の香典を包んだ。なぜかバカがつくほどの律儀者が、二人も揃《そろ》ってる」

亡き父親のことをバカ呼ばわりされても、倅の錦太郎は目くじらを立てるふうでもない。ふむ、もそっと挑発してやるか。

「ひとつ、ヒントをおくれでないかねぇ」

ヒサが物欲しげな声と目つきで言うと、錦太郎は警戒心をあらわにした。

「ヒント?」

「ヒミツを解くための、というか、真相に近づくためのヒント。それぐらいなら、いいじゃないか、こうしてわざわざ葬式にも出たんだし、別に減るもんでもないでしょうに」

貧乏ゆすりをしながら十秒ばかり考えたのち、彼は答えた。

「外へ出ませんか。なんだかタバコが吸いたくなってきた」

あたしも、と応じて後について建物の外へ出た。駐車場に面したスタンド灰皿が置いてある場所に二人で並んで立ち、それぞれに火をつける。錦太郎は、ヒサが見たことのない外国タバコを吸っていた。

遠くに目線を投げたまま何度か煙を吐き出した後、唐突に彼は言った。

「うちの親父は、人さまに後ろ指さされるようなことを、やっていた過去があるんですよ」

眉根にしわが寄り、顔つきが険しくなった。しかし、それとは裏腹に口調では懸命に冷静さを保とうとしていることが、ひしひしと伝わってきた。

「ほほぅ、そうなのかい。それは法律に触れるようなことなのかね」

彼は目を細めると、否定も肯定もしなかった。

「ヒントは出しましたよ。それじゃ、そろそろ私はこの辺で……」

「ということは、あなた、高倉錦太郎さんは犯罪者の息子ってことで、よろしゅうござんすね？」

時代劇で悪役の女将《おかみ》が使っていた言い回しを、まねて言った。彼は踏み出しかけた足を急に止めたので、つんのめりそうになった。

「な、何を言ってるんですか、あなた。どうして、そんなことになるんです？　私はそんなことを言ったつもりはありません。ただ、人さまに後ろ指さされても仕方ないような過去があると言っただけで」

「あなたの父上は、一代で不動産屋をはじめたんでしょう？　だとしたら後ろ暗い手を使ったりして、土地を手に入れたことだってあったでしょうねぇ」

彼はヒサのほうは振り返らずに、数メートル先の地面をじっと見つめている。

「ときに、おたくの家業の不動産屋をはじめたのは親父さんだとして、そもそもの元手はどうしたんだろうね。親父さんの実家ってのは資産家だったのかい？」

「特にそういうことは、なかったと思いますが」

「ってことは、親父さんは一代で財産を築いた、言わば立志伝中の人物ってわけだ」

ヒサは内心、舌なめずりをした。

さてさて面白そうなことになってきたよ。

＊

「いまは昔の話だけど、バブル景気の頃なんか、さぞかし儲《もう》けたんだろうねぇ」

ぴくりと肩が動いた。ほぉ、ちょっとは気持ちが動いたか。

「バブル景気の頃の不動産屋なんて、そりゃいろいろな手段を使って稼いだっていうからね。ましてや一代で財を成した人間が、陰じゃとても口に出せないようなことをして成り上がってきたって例は、そこらじゅうに転がってる」

「うちの親父は、そんなことはしていませんよ。もっとまっとうなやり方で、地道にコツコツと働いてきた男です」

どうにかして平静を保とうと努めている。

「バブルって言ったら、いまから三十年以上も前のことだ。どうしてそんなことがわかるんだい」

「それは……親父から聞かされて」

「はん、誰が自分の後ろ暗い話を、わざわざ息子に語って聞かせるもんかね。話しても問題ないような、あたりさわりのない、表に出しても大丈夫なところだけ話すに決まってるじゃないか」

この辺で、も少し火に油を注いでみるか。

「実は、あたしもあの時代には外へ出て働いてたけど、いろんな話を聞いたもんさ。当時は地上げって言葉が流行って、でっかいビルを建てようとして細かい土地を集めて、そのために地元の不動産屋もかなり暗躍したらしいよ」

相手に付け入る隙を与えないよう、ヒサは手練手管の話術で滔々《とうとう》と喋りつづけた。地上げには暴力団が関わることも多く、土地の持ち主と不動産関係者、怪しげなブローカーなどが絡み合って、札束の山が飛び交った。そしてもちろんトラブルも無数に発生した。

中には、どうしても首を縦に振ろうとしない持ち主がいて、そんなときにはアメとムチの出番で、金で懐柔しようとしたものの、それでも方がつかない場合には、脅しや暴力が幅を利かせた。ときには殺人事件にまで発展したことさえあったらしいと聞く。

「なんだか剣呑《けんのん》な話になってきたよねぇ。その持ち主が、あんまりにも頑固で首を縦に振ろうとしなかったもんで、暴力団も、きっと業を煮やしたんだろうねぇ。しまいには、その人を拉致することになっちまった。そんでもって、ここで不動産屋が呼び出されるわけだ。人里離れた山奥の山林まで車で行ってみたらば、持ち主はスコップで掘った穴に、まさにいま埋められようとしてるんだ。そして、こうなったのは、お前のせいだからなと暴力団が脅してくるわけさ」

「……誰を？」

「不動産屋である、あんたの父上の高倉錦之介に決まってるじゃないか。土地取引の関係者なんだから」

錦太郎は、口をあんぐりと開けて言葉を失っている。少しの後、眉をひそめて探るような目つきで言った。

「あなた、本当にあの一条さんの奥さんなんですか？」

「どうしていまさら、そんな当たり前のことを訊くんだい。確かめたけりゃあ、今日の香典の袋を見てみるといいよ。一条ヒサと書いた袋に、ちゃんとお金が入ってますから」

「そうですか。本当にそうなのであればこちらにも、親父の一条さんへの恩がありますので……」

この場は耐え忍びますが、という言葉を飲み込んだのか、奥歯を噛《か》み締めている。多少ひどいことを言われても、恩人の妻だから我慢してやるというわけか。

「話を戻しますよ。あんたの父上は、こうして暴力団の土地取引を巡る殺人事件の渦中に巻き込まれて……」

「バカなこと言うな！」

彼は怒鳴ると、指にはさんでいたタバコを落とした。慌てて拾うと、火を消しながら言った。

「いったい何の話をしてるんだ。まさかあんた、ボケてるわけじゃねえよな？」

口ぶりが一気にぞんざいになった。おやおや、ずいぶんと我慢できる時間が短いじゃないか。思いもよらぬ方向から頭をぶん殴られて、つい素が出たか。

諄々《じゅんじゅん》と説いても埒《らち》が明かないときには、思い切り過激なことを言って、相手の許容範囲の閾値《いきち》を下げておく。最初に極端なことを言われれば、それより少しでもマシな事柄は心にスッと入り込みやすいものだ。

火に油作戦が効きはじめてる証拠で、こちらの思う壺である。

「あるいは土地取引の詐欺で地主をハメて、その人の人生を台無しにしちまった、とかな。なんでも構わないけど、とにかく……」

「構わなくない、構うに決まってるだろ」

深呼吸をするように二、三回息を吸っては吐くと、錦太郎はさっきまでの冷静さを必死にとり戻そうとしている。

「俺は確かに、父は人さまから後ろ指をさされるようなことをしたと言いました。けど、あなたがいま話したようなことでは全然ありませんよ。もっと当たり前の……」

「当たり前の、後ろ指さされるようなこと？　ふうん、あたしみたいな人間には、そんなことは考えもつかないけどねぇ」

　ヒサは相手に向かって、カモンカモンというふうに両手を振ってみせた。

「だから、もっとこう、あたしにもわかりやすいヒントにしてくれないかい。でないと、年寄りの妄想がさらに暴走しちまうよ？」

「わかった、わかりました」

　彼は手で制してから、こう言った。

「これ以上、あなたの妄想に付き合ってられないから教えます……女絡み」

　ふむ、だいぶ譲歩してきたな。だいたい当たりはついてきたものの、まだこいつを解放するわけにはいかない。こんな面白い玩具、手放すもんか。

　どれ、もうちょっとばかり、油を注いでみるとすっか。

「まさか。こんなナマズみたいな顔した、どん臭い風体の男に、女絡みだなんて言われたところで、はいそうですかと信じるわけにゃいかないわさ。だって、あんた、からっきしモテないだろう？　説得力ってものが、まるでないよ」

　彼は片眉をねじり上げるようにして睨みつけてきた。

「そんなことはありませんよ。だって俺は……」

錦太郎はそこで不意に、ハッとした顔つきに変わった。そして数秒考えてから、勝ち誇ったような薄笑いを浮かべた。

「その手には乗りませんよ。俺の話じゃなくて、親父の話だったはずでしょう。危ねえ危ねえ」

安堵したようすで、薄笑いは顔に張りついたままである。ヒサは微かな違和感を覚えた。

「なるほど、女絡みね。つまり、愛人がいたってわけだ。その女と別れ話でもめるか何かして、そのいざこざを、どういういきさつかは知らないが、うちの亭主が知っちまったと」

「もう、この辺でいいでしょう。ほんとに急いでるんで、俺は行きます」

「おやおや、何をそんなに慌ててるんだい」

「慌ててなんかいませんよ。そもそも、最初から五分だけという約束だったはずじゃないですか」

「黙らっしゃい！」

ヒサの大喝に、錦太郎は半身で逃げ出しそうになる。こいつ、肝っ玉の小さい男だな。

「あたしゃ別に、そんな約束をした覚えはないね。あんたが一方的に、そう決めつけただけで。だいいち、香典に五十万円も包むという壮大な謎を解こうとしてるってのに、たった五分や十分ぽっちで何がわかるっての」

「謎と言いますけど、それは、あなたにとっての謎ってだけで、親父や俺にとっては謎でもなんでもないんです」

「そりゃそうでしょうよ、お金を出したのはそっちなんだから。そんなに早く帰りたけりゃ簡単な方法が一つあるんだ。いますぐ、この場で吐いちまえばいい。その悪事とやらを」

立ち去りかけた彼の足は、なぜか止まり、振り返って足元に視線を落とし、戻ってきたかと思うと再びタバコに火を点《つ》けた。

どうして帰らなかったのだろう、と頭を巡らせてみる。別に錦太郎がヒミツを明かさなければならない義理も義務も、全くないというのに。

ちらと相手を窺《うかが》うと、黙々とタバコを吸いつづけている。考えをまとめようと、ヒサも一本とり出した。火を点けた途端、錦太郎がぼそりと言った。

「いま、ふと思ったんですけど、なんか、さっきから話が、おかしなことになってやしませんか」

なってるね、と言いそうになった。お金をいただいたのはこっちで、包んだのは向こうだ。金をもらったほうが、出したほうに言いがかりをつけるなんて話、聞いたことがない。

「念のため、もう一度確認させてもらいますけど、あなた本当に正真正銘、一条啓介さんの奥さんなんですね?」

「五十万という香典の額を、しばらく前の葬式の香典帳から見つけたんですから、身内であることは間違いないでしょうよ。一条啓介って男の奥さんだったかどうかは、あんまり遠い昔の話で、すっかり記憶の彼方なんで憶えちゃいませんや。近ごろは、とみに物忘れがひどくなりましてねぇ」

「先ほどから話を伺ってますと、あなたは相当へそが曲がった方のようでいらっしゃる」

言葉遣いがまた、ていねいなものに戻った。向こうが態勢を立て直しかけている証拠だ。このままでは、いつまでたっても埒が明かない。実のところ、こちとら埒など明かなくても一向に構わないのだけど、この男の煮え切らない態度にイライラしてきた。

火に油を注ぐくらいじゃあ、もう効きめがない。よし、一丁、火中に花火を投げ込んでやるか。

*

「高倉錦之介には、女がいた。あまりに金食い虫だったために、錦之介は手切れ金を渡して、その女と手を切ろうとした。ところが別れ話がもつれて……いわゆる痴情のもつれってやつさ。ドロドロの泥仕合がはじまって、切った張ったの大騒ぎとなる。そんなところに偶然、うちの亭主が通りかかって仲裁に入った、と」

ヒサの亭主は妙なところで正義感だけは強い男だったから、それぐらいはやりかねないだろう。タバコを吸っていた彼の手が止まり、口をポカンと開けている。

「なんで、そんな……」

そこまで言うと、錦太郎は手で口を塞ごうとした。

「アチッ!」

手にタバコを持っていたため、火で鼻の頭を焼いた。こいつ相当慌ててるなと、ヒサは内心で笑いながら考えた。この男の、この動揺は何を意味してる?

古今東西どこにでも転がっていそうな、痴情のもつれなんて話に妙に反応している。こういう場合には、一つの推論が成り立つ。

〈身に覚えがある〉だ。

それが何かはわからないが、真相の一端に触れたのではないかと考えた。よし、ここで畳みかけてやろう。

「うちの亭主は、あんたの父上、高倉錦之介と愛人がもめてる場面に遭遇したわけだ。そして、そのことを奥さんにバラすぞと……ん?」

顔を強張《こわば》らせていた錦太郎は、一瞬呆《ほう》けたような表情となり、次いで爆笑した。

「それじゃあなたのご亭主が、うちの親父を脅迫したってことになりますよ。こいつは傑作だ。あの女が……」

ふと言いかけて言葉を切り、急いでつづける。

「おかしいじゃないですか。それでは人さまに後ろ指さされる真似をしたのは、こっちだけじゃなくて、あなたのご亭主もだということになりますよ」

勝ち誇ったような言葉とは裏腹に、ほんの少しだけ目が泳いだ。

「俺の親父が女と、もめたとしましょう。そしてその現場を目撃されました、口止め料を払いました。そんな事実は全くないけど、つくり話に乗っかってあげますよ。そしてその後、あなたのご亭主が亡くなりました、と」

事ここに至って、ヒサの分が悪くなってきた。しばらくぶりのことで、自分で思っていた以上に、いぢわる頭の回転が鈍っている。

「そうだったとしたら、なぜ親父は五十万円もの香典を持参して、のこのこと葬式に出向いたんでしょうか。もし二人しかヒミツを知ってる人がいないのなら、そのまま知らんぷりしてるだけで、誰にも気づかれる心配はないというのに」

ヒサは人さし指を一本立てて、虚勢を張った。

「まさに、そこが問題なのさ！」

「問題でも何でもないですよ。どうせ全部、あなたのつくり話なんだし」

そのとき建物の陰から男が現れた。四十絡みのその男は、葬儀社の腕章をつけていた。

「あ、ここにいらっしゃいましたか。高倉様、そろそろ会食場に向かう車が出る時刻ですので、お話し中のところ申し訳ありませんが急いでいただけますか」

錦太郎はちらっと腕時計に目をやってから、男に告げた。

「いま大事な話をしてるところなんで、もう少しだけ待ってもらえますか」

意外な言葉にヒサは内心、首をかしげた。男は何か言いかけたものの、軽く一礼して建物の陰に消えた。その姿を見送った錦太郎はヒサに向き直った。

「さて、この辺で決着をつけようじゃありませんか」

これまで揺れ動いていた天秤が、いま自分の方へ大きく傾きかけていると彼は考えたのかもしれない。

しかし形勢逆転の秘策を、たったいま思いついた。記憶力はないけど、悪知恵はある。あたしもようやく冴えてきた。ヒサは、なるべく悪人面に見えるようにニヤリと笑ってみせた。

「もし、もしもだよ、そのヒミツってやつを、うちの亭主が生前、誰かにバラしてたとしたら、どうするつもりだい？」

ギクリ、と音が聞こえるような調子で彼は固まった。わかりやすい男だ。

「誰かに……誰に？」

ヒサは自分の鼻の頭を、指でトントンとたたいて見せた。

「このあたしに。決まってるじゃないか」

彼は、すっかり顔色を失っていた。つくり話の中の、さらなるつくり話に、いつの間にやら引きずり込まれているらしい。思う壺とはこのことだ。どんな壺だ。

「むろん、亭主からそのことを聞いたときは、ひどい話だとは思ったさ。けど、そこまで重大なヒミツだとは知らなかった。ところが亭主の葬式のあとで、常識を外れた額の香典を包んだ人がいると気づいたわけだよ。こりゃあ、いったい全体どういうことなんだって」

「もし、もしそうだったとしても、あなたが万一そう思ったんだとしたら、どうしてご亭主の葬式の後で訊かなかったんですか」

錦太郎は必死に立て直しを図ろうとしている。だが、その目は左右に不規則に動き、不安な心情が如実に表れていた。

「あたしってのは薄情な女でねぇ、亭主の交友関係にはさっぱり無関心だったし、うとかったの。ときにあんた、香典袋に書かれた名前が、〈高橋錦之介〉となっていたことは知ってたのかい？」

「どういう意味です」

「高倉じゃなくて、高橋。そう、あなたの父上は偽名を使っていた。しかも、ごていねいに住所も架空のものだった。だから当時、香典返しを渡そうにも渡せなかった。そのせいで不義理をしちまったよ、まったく」

「うーん……」

そう呻《うめ》いたきり彼は言葉を失った。当時のことは、からっきし覚えていないのだが、ここまで来たら渡さなかったことで押し通そう。

ヒサは少し気になっていたことがあった。自分の父親のヒミツに対して、つまり自分自身のことではない事柄に対して、なぜ彼は、これほど敏感に反応するのかということだ。しかも、さっきは帰ることができたのに、結局、居残った。こっちは面白半分、からかい半分で足止めを食らわそうとしているだけなのに。

待てよ、もしかすると——。

「女と別れ話でもめて大ごとになったってのは、実は、父上ではないんじゃないのかい?」

利那、錦太郎の顔からスーッと血の気が失せた。そして、わずかに声を震わせながら抗弁した。

「いや、もめたのは間違いなく親父で……女に入れあげて、しまいには会社の金まで使い込むようになって、それで……」

この場しのぎで、辻褄《つじつま》の合わない言い繕いをしようとしているのが見え見えだ。ヒサはさらに追い詰めていく。

「家の跡取り息子が、色事でトラブルになってると知った父上が、間に入ってその騒動を収めようとした。そのどこかの時点で、うちの亭主がその事実を知ってしまった。それで父上は、黙っていてくれないかと頼み込む。そして死ぬまで亭主が秘密を漏らさなかったことに感謝して、高額の香典を包み、誰だかわからないように姓を偽った上で、沈黙への恩返しにと香典を置いて行った。まさに、沈黙は金、雄弁は銀……それが真相なんだね？」

「ち、ち、違う。そんなの全然、真相なんかじゃない」

人が動揺する姿を、これほどまざまざと見ることは珍しい。というほど錦太郎は動揺していた。そしてそのことは、ヒサの当てずっぽうが的のど真ん中を射ていることを示している。同時に、事ここに至ってなお、言い逃れようとするその性根に向っ腹が立ってきた。

ええい、往生際の悪い奴《やつ》め！

「犯人は、お前だ！」

相手の顔面の真ん中に人さし指を突きつけてやった。

ついに高倉錦太郎はがっくりと肩を落とし、膝に手をついてうつむいた。饒舌《じょうぜつ》だった男は、無言だった。この沈黙こそ、ヒサが正しい事実を指摘したことの証明だった。

「父上が、どうしても隠蔽したかったもの。それが何か、あんたにはわかってるのかい。わかってなかったら、高倉錦太郎は正真正銘、でくのぼう息子ってことになるよ？」

「それは、昔の女とのトラブルを……」

「あんた、何ひとつわかってないね。父上が本当に隠したかったもの、守りたかったものは、あんたの、跡取り息子の将来だったんだ」

彼は頭が腹につくほど、うなだれている。落ちた、とヒサは思った。カツ丼を食わせてやりたくなった。

錦太郎は、とうとう白状した。

若くして専務となって父の会社で働いていたバブル末期、独身だったこともあって調子に乗っていた。乗りまくっていた。土地取引はバンバン決まり、取扱い額は天井知らずで伸びていた。派手に遊び、女性関係も賑やかだった。もちろん、全て金の力だ。

そんな最中に、女の一人と手切れ金でもめた。トラブルは父・錦之介の知るところとなり、父を介して話し合いもしたがうまく進まなかった。

あるとき錦之介はスナックの飲み友だちだった一条啓介に、息子の女性トラブルを愚痴った。するとヒサの亭主だった啓介が、一肌脱ごうと言ったという。ヒサはにわかには信じられない心持ちがした。あの、へなちょこ亭主が？

「一肌脱ぐって、うちの亭主が言ったって？　嘘だろう」

「俺は親父から、そう聞きました。それで一条さんに仲裁に入ってもらい、手切れ金を渡して、女とはそれっきり切れたんです。俺は、一条さんには直接会ったことはありませんが、本当に感謝してます」

どうやって決着を見たのか錦太郎は知らされなかったが、トラブルが解決した後、父に一度だけ、思い切りぶん殴られたそうである。それがきっかけとなり、本気でやり直そうと心に決めた。

「憑き物が落ちたみたいに、生まれ変わりました。その直後にバブル景気が弾けて、うちの会社も倒産の危機に陥りましたが、俺は親父とともに必死に働きました。一所懸命って言葉がありますけど、この場所だけは、この会社だけは死守するぞと、地面に這《は》いつくばるようにして頑張ったんです。あれほど真剣に仕事と向き合ったのは、自分の人生で初めてのことでした」

それもこれも全部、一条さんのおかげなんです、と彼は言った。

いくら感謝されたところで、いまは亡き亭主の、あまりに意外な過去に、やはり納得できないヒサだった。

「自分の葬儀の日に、偶然とはいえ、こうして一条さんの奥さんと巡り逢わせてくれたのは、きっと親父なんでしょう。これからも、あのときのことを忘れずに、しっかり頑張れと俺に言ってくれている。そう思います」

＊

何本目になるかわからないタバコを並んで吸いながら、ヒサは尋ねてみた。

「黙ってりゃバレなかっただろうに、なんでまたバカ正直に白状しようと思ったのさ？」

じっと地面を見つめ、彼はしばらく考えていた。

「親父の汚名を雪《そそ》ぐ、それは自分にしかできないんだなって。父親に罪をなすり付けたまま見送ったんじゃ、後ろめたいというか。一条さんと話してるうちに、なんだかそんなふうに思えてきたからです。あの頃の大バカ野郎だった自分を思い出してきて、俺は父親に対して本当に申し訳ないことをしたんだ、すまなかったっていう気持ちが胸の奥のほうから湧き上がってきて……」

ポタッ、ポタッ、とアスファルトに雫《しずく》が落ちた。空を見上げると快晴である。

錦太郎は泣いていた。自分にも息子がいる。子どもができて初めて、親の気持ちってやつがわかるようになったんです。とぎれとぎれに、そんなことを呟いた。

「あたしみたいな年になるとね、極端に物覚えが悪くなるんだよ。枝に止まった小鳥みたいに、記憶はサーッと逃げていく。だから、ここであったことも、あんたの話も、明日の朝起きたらきれいさっぱり忘れてるだろうよ」

親の心子知らず、か。子が、やっとこさ親のとば口に立ったというわけだ。

「頑張れ！」

そう言ってヒサは、錦太郎の背中を力いっぱい張り飛ばしてやった。彼の父上と、そして亡き亭主に成り代わって。

自分が語った真相の中に、いくつもの嘘っぱちと作り話が紛れ込んでいたことは永遠のヒミツにしよう。墓場まで持っていくってやつだな。車に向かう錦太郎の背中に向かって、ヒサは舌を出した。


帰りのバス停で、黒い礼服を着た男が二人、バスを待ちながら話していた。同じ葬儀に出たのだろう、ヒサと同年代、七十代半ばぐらいの年恰好である。

「ほんとによぉ、年とると葬式ばっかり多くなってな。ここんところ葬式葬式で参るよ。今年だけで、もう六回目だ」

どことなく聞き覚えのある声だという気がした。まあジイさんの声など、みな似たようなものだが。

「何言ってんだ、おれなんか今日ので七回目だぞ。だから使うのは、もっぱら黒ネクタイだけだ。白ネクタイのほうは、もう何年も使ってないから、すっかり黄ばんじまってよ」

「ほんとだよな。俺たちこの先、結婚式に出ることなんて、あるのかなぁ」

「この年になると、活躍するのは黒ネクタイだけだ」

少し離れた場所でボヤく二人の背中を眺めながら、ヒサは忍び笑いを漏らした。ご同輩、その気持ち、とってもよくわかりますぜ。

できれば次が、自分の番じゃないことを祈ろうじゃありませんか。

一人減り　数えるうちは　まだ若い

暴走老人

高倉錦之介　95歳

減塩だ　高血圧だ　いまさらだ

＊

オレのジイちゃんは、いわゆる暴走族でした。

いや、カミナリ族と言ったほうが、より正確かもしれません。いまどきカミナリ族なんて言葉を知ってる人が、どれくらいいるのかわかりませんが。

ジイちゃん、高倉錦之介は一九二九年、昭和四年生まれの九十四歳……いや、九十五歳になったばかり。

錦之介ジイちゃんがオートバイに、いや、まだ単車と呼ばれていたものに乗りはじめたのは、二十代だったといいます。いまではもう無くなったメグロという会社のバイクで、排気量は五〇〇cc、当時としてはかなり大型の単車として注目を集めたそうです。

ジイちゃんの十代は、戦争の時代だったと聞きました。物心ついた頃には、すでに日中戦争や太平洋戦争の真っ只中で、そして日本が戦争に敗《ま》けて、青春時代を戦後の大混乱の真っ只中で送ることになったんだ、とは本人の弁です。

軍国少年だったジイちゃんが単車に興味を持ったのは、戦時中に軍人や警察官の人たちが単車に乗って、土埃《つちぼこり》を舞いあげながら颯爽《さっそう》と走って行く姿を見て、猛烈に憧れたからでした。

子どもの頃から機械いじりが好きで、いろんな物を分解したり組み立てなおしたりしていたこともあって、すぐに単車に夢中になりました。会社でもらう少ない給金を貯めて、つてを辿って、軍の払い下げだという単車を譲ってもらったわけです。

それが、メグロ。もちろん月賦払い、今でいうローンだったそうで、しかも買ったときには動かせない状態でした。しかし、そこは機械いじりが好きな性分だけあって、あちこちの鉄屑屋を回っては使える部品を探し、時間をかけて自分で修理していったのでした。今でいうレストアです。

ようやく走らせることができるようになると、休みの日にはいつも遠出していたといいます。職を転々として、当時はすごく神経を使う仕事をしていたため、一ヵ月に一度あるかないかの休みの日に思いっきりアクセルをふかして峠道を走るのが、むしゃくしゃすることの多かった年頃だったこともあり、最高の気晴らしだったそうです。

ジイちゃんの父親、オレのひいジイちゃんは戦争で亡くなってしまって、ひいバアちゃんは親戚の家の離れに身を寄せて、大人数の中で苦労して生活していたとのこと。父がいなくて、親類に世話になって肩身の狭い思いをしていた、それを考えると鬱屈《うっくつ》したジイちゃんの気持ちが少しはわかる気が……いや、オレたちの世代の人間にわかるわけないのかもしれません。

ジイちゃんの話によれば、当時はまだ暴走族という言葉はなかったらしく、カミナリ族と呼ばれていました。あのゴロゴロ鳴る、雷の音みたいにうるさいという意味だと思いますが、暴走族という直接的な呼び名に比べると、どことなく牧歌的というか、ユーモラスでのんびりしたイメージがあるような気がします。まぁ、雷のような排気音を直接聞かされたほうはたまったものじゃないし、かなりはた迷惑だったとは思いますが。

その頃は日本の社会もまだまだ大らかで、カミナリ族やマッハ族と呼ばれて騒ぐ若者たちに対して、「若い頃なんてそんなものだ」と容認する人も多かったようです。もちろん警察は目の敵にしていたそうですけど。

現代の日本の社会みたいに、何か事が起こればインターネットに非難や誹謗中傷のたぐいがごまんと集まる、というようなことはなかったのかもしれません。世間全体がある意味、寛容さを保てていたのかなと思うと、いまを生きるオレたちなんかの世代は、ちょっとうらやましいなと思ったりもします。

先述したように、ジイちゃんの家は裕福ではありませんでした。その頃のオートバイというのは高価だったため、たとえ動かない代物をコツコツ自分で直したものとはいえ、親戚からは白い目で見られていたわけです。

いまは自分が生まれるよりはるか以前のモノやコト、出来事なんかでもネットで検索すれば一発で出てきます。だから、まだ若かったジイちゃんが一生懸命に生きた時代のことを、調べようと思えば調べられるのです。

でも、その時代に漂っていた空気感みたいなもの、そればかりは絶対にわかるはずがありません。

ちなみに勇作《ゆうさく》という、クラシックでキラキラネーム感ゼロのオレの名前も、ジイちゃんの好みを両親が無理やり押しつけられて決まったと、母親から聞きました。

ジイちゃんという人は、孫のオレが言うのもあれですけど、義に篤《あつ》い男です。曲がったことが大嫌い、曲がったものは曲尺《かねじゃく》でも嫌、という人だったので、世間に迷惑をかけることだけはしないようにと、いつも心がけてました。

なので、大きな音の出るマフラーを付けた単車に乗るのも、じつは大手を振ってやっていたわけではなかったようで。半分言い訳だったのかもしれないとオレは感じたものの、とにかく家を出るのは朝早く、帰ってくるのは夜遅くと、そのことに気をつけていたとのことです。早朝に深夜っていうのは逆に、ものすごく迷惑なのではないかという疑問が湧いてこないでもないですが、そういう肝心なところには気が回らない。これもまた、うちのジイちゃんの特徴と言えば特徴で。

若い頃に走りに行ったという場所も、いっぱい教えてもらいました。蔵王《ざおう》や栗駒山《くりこまやま》の峠道が、特にお気に入りのコースだったみたいです。オレはバイクに乗ったことがないのでよくわかりませんが、バイクの醍醐味《だいごみ》はコーナーリング、つまりカーブを曲がるところにあるのだと言います。

車だったらコーナーやカーブを曲がるときは、ハンドルを切りますね。でもバイクの場合は体を、つまり車体そのものを傾けることで曲がるのだそうです。そしてカーブの角度の大小や、上り坂なのか下り坂なのかによって、体とバイクを傾ける度合いが違ってくる、と。その塩梅《あんばい》が難しくって、いっとう面白ぇとこなんだよ……とは、これもジイちゃんの弁です。

当時はまだ舗装されている所は少なかったので、ほとんどの道路が土や石ころがむき出しになったままで、非常に滑りやすかったらしいのです。特に曲がるときに。

基本的に一人で乗るものとされるバイクは、後ろに人を乗せて走ると、まるで勝手が違ってくるのだそうです。タンデムという二人乗りで走るときは、後ろの人がバイクに乗ったことがあるかどうか、それで大きく走り方、曲がり方を変えなくちゃならないんだ、と。そうだよな？　ジイちゃん。

カーブを曲がろうとしてバイクを傾けていくときに、後ろの人が知らないと充分に曲がりきらず、道路から飛び出して事故ってしまう危険がある。だから人を乗せるときは、乗ったことがあるかどうか、あらかじめ確認しておかないと危ないのです。

ジイちゃんは古い人だったから、女の人の話はほとんどしませんでした。でも峠を攻めるときや山道を走るとき以外は、ごく稀《まれ》に女の人も乗せていたような、そんな口ぶりでした。

ああ、いま思い出しました。昔、『君の名は』というドラマが大流行したことがあって、その中で真知子という主人公の女性がマフラーを巻く姿にみんなが憧れたといいます。若い女性なんか、こぞって真知子巻きをしてて、俺も真知子巻きの女を後ろに乗せたことがあると、そのときばかりは少々、自慢げでした。

孫の自分としては、それがバアちゃんだったりして……なんて妄想をふくらませたくなるんですが、さて、どうなんでしょう。

カミナリ族と呼ばれた、その次に暴走族という言葉が生まれたということになってます。この呼び名は今でも使われているものです。

でもジイちゃんは、カミナリ族と言われるのは嫌いじゃなくても、暴走族と呼ばれることは、とても嫌だったようです。この言葉には、徒党を組んで仲間とつるんで、やかましい爆音を鳴らして走ったり、グループ同士でケンカ騒ぎ、なんていうイメージがついて回っていたから。

ジイちゃんにも単車仲間というのはいたのだけど、それはバイクの性能や改造について喋るのが楽しかっただけで、一緒につるんで走るのは好まなかったと、はっきり言ってました。なので、ほとんどの場合ひとりで峠を走ってばかりいて、むしろ単独でのツーリングによろこびを感じるタイプだったようです。

一匹狼と言えば聞こえはいいかもしれませんけど、ようは友だちが少なかったということだとオレは思ったりもしますが。

バイクには年代を問わず、ずっと乗りつづけていました。中年といわれる年齢になった頃には、仕事や家庭のことが忙しくて、庭の隅っこで埃をかぶらせていた時期もあったらしいですが、それでも定期的にメンテナンスはして、中年ライダーとして時々走りに出かけたと。

ところで、孫であるオレ、不肖・高倉勇作が、どうしてこれほどジイちゃんの昔のことについて詳しいのか？　そう考える人もいるかもしれません。

それはもう、実に簡単なことなんです。耳タコで同じ話を、それこそ何十回も聞かされたから。これに尽きます。本当に、数えたら百回を超えてるかもしれません、マジで。

同じ話は、確かに何十回も聞かされましたけど、そんな中で、たった一度きりしか話してくれなかった話もあって。その一回だけだったので、逆に、オレの印象に強烈に残っているエピソードなんです。

それは、唯一無二ともいえる親友を亡くした話でした。一体いつ頃聞いたのか、いまとなってはうろ覚えなのですが、シニアカーの改造をやると聞かされた、その前後だったかと記憶しています。

友だちが少なかったジイちゃんにも、ただ一人だけ、とても馬の合う友人がいました。二人ともバイクいじりが大好きで、単車の話をはじめると止まらなくなって夜中まで喋ってた。物事に対する考え方も近くて、ジイちゃんは内心では尊敬していたそうです。もっとも照れくさいからそんなことを口にしたことは一度もなかったが、と言いましたが。

その人とだけは、本当はもっと一緒に走りたかったのだけれど、仕事の休みが合わなかったから、二人で走れるのは年に数回だけだったそうです。

その人が亡くなったのはバイクの事故でした。好きな峠道を一人で走っていたときに、カーブを曲がりきれずガードレールに突っ込んだのが原因だったそうです。

自分と同じぐらい単車乗りとしての腕は良かったのに、なぜ？

事故の一報を聞いたとき、ジイちゃんは心底驚いて、そう考えたといいます。その後、その友人が事故ったときのようすがわかりました。事故の直後に対向車線を走ってきた車、こちらは自動車だったようですが、その運転手が目撃していたんですね。

ジイちゃんのその友だちがカーブに差しかかったところで、小さな動物が、タヌキの親子みたいだったと証言があったそうですが、不意に道路脇の草むらから飛び出してきて、道を横切ろうとした。

瞬間的に轢き殺してしまうと思って、とっさにブレーキをかけてスリップしてしまったんじゃないか？　そんな目撃談だったそうです。

コーナーリング中にブレーキをかけるなんて自殺行為。そんなことは単車乗りなら誰でも知ってることだ。あいつが、なぜ——。

たった一度だけ、この話をしてくれたときのジイちゃんは顔を紅潮させて、静かに怒っていました。何に対して怒っていたのかオレには知る由もないし、尋ねようとも思いませんでした。いきなり飛び出してきたタヌキの親子に対してか、親友の間の悪さに対してか、それとも……。

若き日のジイちゃんが、こよなく愛したメグロのバイクが二〇二一年、数十年の時を経て再発売されると知ったとき、ジイちゃんは飛び上がらんばかりによろこびました。

でも、実際には飛び上がりませんでした。飛び上がることなんか、もうできなかったのです。足腰がすっかり弱っていて、飛び上がるどころか歩くのもやっとというぐらい、大変な状態だったので。

もともと健康に気を使う人じゃなかったために、いくつか持病もあって、血圧も高かったようです。高血圧なんだから塩分に注意するようにとバアちゃんに言われたときも、この歳になって何が減塩だ！　と怒ったほどです。

でも結果的には、この往年の名車・メグロの復活が、ジイちゃんの心に火をつけることとなったのでした。

杖がなければ、歩くのもままならなかったジイちゃんですが、青春時代をありありと思い出させてくれる相棒、メグロの単車が復活したのだから、自分だって復活してやる。そう心に決めたのです。

昔みたいに、あの頃みたいに、もっと遠くへ出かけたい。若い時分にメグロで遠出したように、もっともっと、遠くへ――。

そこで目をつけたのがシニアカーだった、というわけです。そう、あの老人向けの小さな電動の四輪車椅子のことです。

なぜ、バイクに乗りたいのにシニアカーなのか、やや飛躍しているようにも思えます。いまの自分が乗れるのがそれだからという、でもまあ、ここまでだったなら普通のエピソードかもしれません。

だけど、うちのジイちゃんは違いました。ぜんぜん普通なんかじゃないんです。まともじゃない。それは家族や親戚だったら、みなが知っていることです。

ジイちゃんは昔取った杵柄《きねづか》で、シニアカーを手に入れて、それを改造してやろうと決心しました。

シニアカーというのは、ハンドルがついています。そのせいで、原動機付自転車や自転車などと同じ、あるいはそれに準ずる乗り物と思われがちですけど、道路交通法上では、歩行者と同じ扱いなんですね。

ということは歩道や、歩道がない狭い道路の路側帯などは、右側通行することになります。歩行者なので当然、免許も不要。

車両じゃないっていうことは、つまり車検がないということになるわけです。例えば、車の違法改造なんかが見つかって罰せられてしまうのは車検があるからですが、シニアカーにはそれがない。

ジイちゃんの言葉を借りれば、「これはまさに俺の独擅場《どくせんじょう》。改造し放題、やりたい放題だ！」ということになります。

基本的なスペック、性能のことですが、最高速度は時速約六キロメートル。自動車などとスピードが違いすぎるのでイメージしにくいですが、一般的に人の歩行速度は時速四キロと言われてますから、少し早歩きする程度でしょうか。

この最高速度も道交法で定められているもので、それ以上のスピードが出るものについては、法律上「自動車」「原動機付自転車」の扱いとなるそうです。

知っているようで案外、知らない事実だと思います。かく言うオレも、徹底的に調べたジイちゃんからの受け売りなわけですけど。それほどジイちゃんは、シニアカーの改造という自分の思いつきに燃えていたんです。

登坂能力は10度、数字だとピンとこないんですけど、想像しているよりも急な坂が登れる、と考えてもらえればいいと思います。

そしてジイちゃんにとって悩ましい問題だったのが、買うか、借りるかの選択でした。このあたりのことに関しては、オレもずいぶん相談に乗りました。ネットで検索すれば、さまざまな最新情報が手に入りますから、その部分で頼りにされたんです。

改造するんだから買うに決まってるだろ、と思うかもしれませんが、費用の問題がありました。戦後の貧しい時代に育ったジイちゃんは、仕事で富を得てからも金銭感覚が変わらなかったので、支出に関してはとにかくシビアでした。

調べてみたら、レンタルする場合に限り介護保険が適用されるといいます。さらに調べたら、基本的には要介護以上じゃないとダメとの規定がありました。

ジイちゃんは要支援二だったので、介護認定のときに思いっきり演技したとしても、要介護になるかどうか、けっこうギリギリのところだったんですね。うん十万円する物を買うか、月額数千円という安価なレンタル料で借りるか。その金銭的な問題で、だいぶ迷っていたようです。

あ、この辺のことに関しては、自治体によっては購入でも補助金が出るケースもあるようですんで、興味のある方は自分で調べてもらえれば。

そんなある日、家族には内緒で、ずっと相談に乗っていたオレは、ふと閃いたんですね。ジモティというのがあるみたいだ、って。これは全国各地の地元の人たちの間で、いらなくなった物を無料または格安で譲ります、というウェブサイトです。地元で、ジモティ。

試しに家の近くで探してみたら、本当にシニアカーが出品されてたんです！　新車であれば、うん十万円する物が「シニアカー四万円」とか「シルバーカー二万五千円」とかで。それを知ったときのジイちゃんのよろこびようったら、それはもう尋常じゃないぐらいでしたね。何度も「欣喜雀躍《きんきじゃくやく》!」と叫ぶほどで……自分で欣喜雀躍って。

どうせバリバリに改造しちまうんだから、年式なんてどうでもいい。ただ、とりあえず最低限、走れるやつがいい。走行不能の車体からだと、改造で無駄に手間暇かかっちまうからな。ただし改造費用がかかるから、走れて、しかも安くてというのが欲しいとこだ。

その辺の塩梅が重要だなと言って、カッカッカッと笑いました。ただでさえシワだらけの顔を、本当にしわくちゃにして。

〈親が常識を教え、バアさんが慈しむ愛を教え、ジイさんは非常識を教える〉

うちのジイちゃんの格言、というか口癖でした。もっとも、家族の前で言ったりすれば非難ごうごう、槍玉《やりだま》に挙がること間違いなしなんで、オレの前でこっそりとしか言いませんでしたけど。

さて、シニアカーは一般の自動車と違って電動、つまり電気モーターで走ります。

シニアカーの最高速度を上げるためには、まずは電動モーターの出力を上げる、つまり大きなモーターに載せ換える必要があります。当然、電気を貯める蓄電池、つまりバッテリーも大容量のものに交換しないといけません。

それから、ただスピードが出ればいいというものではなくて、高速でも安定して安全に走行できるよう、足回りのチューンナップも必要。足回りというのはタイヤ、そして路面からのショックを防ぐためのサスペンションなんかのことです。これも、より性能の高い物に替えてしまうわけです。

違法改造するくせに安全走行を目指すって、なんだか矛盾しているような気がしないでもないですが、真っ当な改造とはそういうもんだ、とジイちゃんは胸を張ってました。「真っ当な改造」という言葉自体、すでに論理的に破綻してるわけなんですけど。

車輪のホイールベース、つまり前後の車輪の軸の間を広く取って、左右のタイヤの間も広めにして、車体も少し下げてやることで、安定感と高速安定性を高めることができるのだそうです。その他ブレーキの強化など、やれることは全部やったと豪語してました。

モーターやバッテリーの換装、車軸の幅を広くしたり車体を下げようとすれば新しいフレームが、ようはそれらを載せ換える新たな枠組みが必要となります。車で言えばシャーシと呼ばれる車台です。

そのフレームを組んだり溶接したり、そういう機械や力が必要な作業は、ジイちゃんの古い知り合いが手伝ってくれました。自分が手に負えない改造になると昔から、その人に任せていたそうです。

俺よりずっと年下の若いもんだと言ってましたが、七十代後半の人でした。いまどきの年寄りって、本当にすごいもんだなって感心させられました。そもそも、車とバイクを扱う店をやってた本物の整備士だった人らしいのですが、整備を仕事としていた人が、違法改造なんてやっていいんでしょうか？

完成して初めて試乗したのは、忘れもしない十月十日、ジイちゃんの誕生日のことでした。そうだったよな、ジイちゃん？

まるで戦闘機乗りのような昔風の防風ゴーグルをつけて、首には赤いマフラーを巻いて、これが令和の真知子巻きだと笑ってました。その日以来、まるで昔のヒーローみたいな恰好でシニアカーに乗って、とても年寄りが乗るシニアカーとは思えないほどの速さで、まさに爆走してました。

スピードは何キロ出たか、この場で話したくてウズウズしてるんですが、道交法違反とか違法改造とか、いろんな意味でヤバいので……速かった、とだけ言っておきます。

ジイちゃんの名誉のためにも、メチャクチャ速かった、とだけ。

それでも最初の頃は、さすがに自分の年齢とシニアカーの性能とのバランスを確認するように、それなりの速度で走っていたんです。でも、これじゃいつまでも限界まで攻められないと言うので、使われてなかった広い資材置き場をオレが見つけてきて、そこで徐々にスピードに慣れていきました。

誰かを巻き込むと危ないから、とにかく人のいない時間帯に走ってたのですが、一回だけ小学生の下校時間と重なってしまったことがあったんです。広い資材置き場でジイちゃんがすごいスピードで走ったり、コーナーリング性能の限界を見極めると言ってクルクル回ったりしていたら、不意に後ろから大きな歓声が聞こえてきて。

振り返って見ると、学校帰りらしい小学生たちが鈴なりになって、シニアカーが猛スピードで走るのを見て、驚いて声をあげたり拍手したりしてくれたんです。

あのときのジイちゃんの顔、オレはよく憶えてます。愉しそうで、誇らしそうで、ちょっとだけ恥ずかしそうで……とにかく、とにかく嬉しそうだった。九十代の年寄りとはとても思えないほどの、満面の笑みだった。

もうひとつ、すごく記憶に残ってるシーンがあります。

最高速度を記録したいと、ゆるやかな下りの坂道で走っていたときのことです。そこは冬季間に雪で閉鎖される道路で、もちろんバリケードで封鎖されてましたけど、バリケードをずらして車とシニアカーを乗り入れました。閉鎖が解除される直前の四月のことで、雪も凍結もありません。

いったん上のほうまでのぼって、走り出したシニアカーの後をオレは車で追いかけました。徐々にスピードが上がっていって、これはちょっと危ないなと思いかけたとき、オレの車を一台のバイクが追い抜いていったんです。あれも閉鎖解除前に来た走り屋なのかなと、後から思いましたけど、若い男のようでした。

その若いバイク乗りは車を追い抜いた後、シニアカーと並んで走りはじめたんです。二台は、しばらく並走していました。後ろ姿が二人ともとても楽しそうでした。

閉鎖場所が近づいた頃、バイク乗りが親指を立てて、するとジイちゃんも同じように親指を立てたんです。走り屋どうしが、互いを讃《たた》え合っている。オレにはそう見えました。

バリケードの横を抜けると、バイク乗りの彼は、そのまま走り去り、ジイちゃんのシニアカーは手前で止まりました。まるで映画のワンシーンのような光景でした。

あの瞬間、ジイちゃんの心は、単車に乗りはじめた二十代の頃に戻っていたんだなって、オレは確信しました。あのときのジイちゃんの満足げな顔を見れば、間違いありません。そうだよな、ジイちゃん?

いまここで思い出しても、思わず笑みが浮かんできます。泣き笑いですけど。

ジイちゃんの人生は、いい人生だった。オレは、そう思う。豪快に生きた一生だった。

オレのジイちゃん、高倉錦之介は満九十五歳、数え年、享年で九十六歳でした。

最後に、大好きだったジイちゃん、高倉錦之介へ送る言葉で、この長い長い弔辞を締めくくらせていただきます。皆さん、ご清聴ありがとうございました。

振り向くな　老いには老いの　夢がある

自分語り

緒方 清 69歳

特殊詐欺 自分だけはと 引っかかる

＊

「……ほら、このリンゴね、送り先は神奈川にいる娘家族のところなの。だから、絶対にていねいに扱うようにね、よろしくお願いしますよ……リンゴって、ほら、体にいいって言うじゃない？　娘たちも子育てやら仕事やらに毎日忙しいでしょう。それを気遣ってね、健康で過ごせますようにって……そうそう、そういえばこの間、健康診断の結果が戻ってきたんだけど、そうしたらコレステロールっていうの？　あれの数字が良くなっててビックリよ、もう」

「へぇ、それは良かったですねぇ」

「だって五年ぐらい前までは基準値を越えてて、ほら、わたし七十歳を過ぎてるでしょう。このままだったら、もっと歳をとった頃にはマズいですよって、お医者さんに言われてたんだもの。それまでは食べ物になんてまるで無頓着だったんだけど、それから食べ物に気を使うようになって、まず最初にはじめたのが、そう、リンゴなの！」

「へぇ、すごいじゃないですか。リンゴを食べるようになって、コレステロール値が下がったんですか」

「そうなの、というか、それだけが理由かどうかは知らないけど、とにかくリンゴだけは切らさないようにって思ってね……だからそれは大きいと思うの。ほら、わたし、一人暮らしじゃない？」

（知らねーよ！）

緒方清《おがたきよし》は心の中で突っ込む。いいから、早くしてくれ！

バアさんの声にも苛ついた。まるで、ひと言ひと言に無数の細かなヒビが入っているような、実に不快な声なのだ。

しかし、そんなこちらの気持ちなどどこ吹く風で、バアさんは一人語りを続行する。郵便局の発送窓口で、緒方は次の番号の受付票を握りしめていた。

「だから娘も孫たちも、すごく心配してくれてるのよ」

「へぇ、やさしいお子さんとお孫さんで、よかったですね」

受付の女が「へぇ」と相槌を打つことまで気に障《さわ》ってきた。

「そうなの！　ばぁば思いなの本当に。この間なんか、私の誕生日にね……何を送ってきたと思う？」

だから、クイズ形式にしてんじゃねえよ！　発送手続きはとっくに済んでるんだから、早くこの場から消えてくれ。受付の女の子も緒方が苛々しているのを察してか、さすがにチラチラとこちらに目線を投げてくる。

「あの……次の方がお待ちなので……」

「ほら、これ！　携帯のストラップっていうの？　かわいいでしょう、きっと孫が選んでくれたんだと思う」

バアさん、彼女の制止などお構いなしでストラップをアピールする。

「ほら、うちに泊まりに来ると、いろんな話をするものだから、きっとわたしが好きなものを知ってるのね。だからわたし一人暮らしなんだけど、ちっとも淋しいと思ったことがないの。だって、離れていても孫や子どもたちに、こんなに愛されてるんだから」

ほんとか？　本当にそう思ってるのか？　ちなみに、俺は愛されてねえぞ。子どもには考えが古臭いって言われて、孫たちからは加齢臭が臭いって言われてるんだぞ。加齢臭って、当たり前じゃないか！　加齢って、俺はもう六十九になるんだぞ？　加齢も加齢、カレー臭くなったっていいぐらいなんだぞ？

子どもは正直なんだよ。万が一いまの話が本当だとしたら、あんたの家の子どもと孫は、ずいぶんと奥ゆかしいんだな。

でもな、そんなわけないんだよ！　いまどきの若いもんは、俺たちの頃と違って、本音と建前の距離が百万光年ぐらい離れてるんだよ。俺たちが心の中で思ったり感じたりしたことの十分の一ぐらい伝えたとしたら、いまの奴らは千分の一ぐらいしか伝えてこないんだ。だから困るんだよ、察するってことができないから困るんだよ！

本当の本音を言えとは言わないが、せめて百分の一ぐらい言ってくれれば、俺だって多少は気持ちを入れ替えようと思わないでもないでもないでもないんだ。でもな、時代がすっかり変わっちまったんだよ。ふん、どうせ俺ぁ、昭和丸出しのジイさんだよ。

自分の愚痴と内的妄想にどっぷり浸っていれば、そのうち終わると考えていたのだが、緒方の心の叫びが終了しても、未だにバアさんの一人語りは終了の気配すら見せていなかった。佳境に入っていたと言ってもいい。

「……わたしの通ってるデイサービス、すごくいいところで」

だから何の話だよっ！　どこまであんたの日常のつまらない話を聞かされれば済むんだ。いい加減、帰ってくれないか。その調子だと、孫にも子どもにも疎まれてんだろ。

ふと後ろを振り向くと、緒方の他に五人ほどが待っていた。おいおい、この調子じゃこの狭い待合ロビーが満員札止めになって、客が外まであふれることになっちまうぞ！

「実はこのりんごね、青森の無農薬栽培の農園から、わざわざ取り寄せてるの。神奈川の娘の所に農園から直接発送してもいいんだけど、ほら、やっぱり傷んだのとか形の悪いのとかが届いたら、娘たちに申し訳ないじゃない。だから一旦うちに送ってもらって確認して、それでこれなら大丈夫！　ってことで、わたしのほうから送ることにしてる。だってほら、娘も娘婿も孫たちも、わたしのこと凄く大事にしてくれてるから、せめてそれぐらいの手間ひまは、わたしも時間があるし、かけてあげようかなって思ってね。うん、せめてもの思いやりっていうのかな」

あんたはたっぷり時間があるかもしれないけど、こっちは時間がないんだよ！　いや、時間はあるか……もう定年退職してるし、正直にいえば、時間を持て余してるって言ってもいいぐらいなんだが……いやいや、それとこれとは話が別だろう。

俺、いったいどれぐらい待ってるんだ？　壁時計を見た。よくは覚えていないが、家を出たのが確か三時ぐらいだったから……もう十五分もたってるじゃないか！

ふと気になって、恐る恐る振り返ってみると、ひぃふぅみぃ……待ち人数は七人まで増えていた。しかも後ろの女性は、なぜかこっちを睨みつけている。ここまで待たされている問題の原因は、俺じゃなくて、このバアさんですよ？　次の順番だからお前が文句言えってか。

よーし、わかった、上等じゃないか。自他ともに認める内弁慶だが、ここはひとつ、ガツンと言ってやろう。

「あのですね、さっきから後ろに人が……」

バアさんは緒方を見て、それから背後の人たちを見て、しかし動揺ひとつ見せずにまた受付の子と向き合った。

「そういえば、ほら、うちの庭で野菜を育ててるでしょう。だから今度、神奈川の娘の家に……」

バアさんの話題は、新章に突入していた。バアさんの「ほら」にも腹が立ってきた。緒方の憤りは、場の空気をまるで読もうとしないバアさんはもちろんのこと、女性の郵便局員にも向きはじめている。

上司からお客さんを大切にしろと言われているのかもしれないが、いくら何でも甘やかしすぎだろう。目の前にいる一人の客を大事に扱うあまり、その後ろにずらりといる他の客のことは、どうでもいいというのか。

自分はこの後特に用事もないし、家に戻るだけだからいいのだが、それにしたって、ただただバアさんのろくでもない自分語りに付き合わされる筋合いなどない。後ろで待たされている中には、他に行くところがある人だっているかもしれないのである。

緒方はバアさんは諦めて、郵便局員のほうに念を送ることにした。目にありったけの力を込めて、彼女を見据える。さすがに気まずくなってきたのか、彼女はチラッと列のほうを見た。

緒方と目が合ったので、緒方はうなずいてみせた。すると彼女が笑みを浮かべてこう言った。

「へぇ、そうなんですね。それで娘さんご家族は、次はいつ来られるんです？」

話を切り上げさせてくれ、との意味を込めたつもりだったのに、バアさんに話の先を促してどうするんだ！　そしてその「へぇ」をやめろ！

永遠につづくとも思われた一人語りが、やっと終わりを告げたのは、まさに僥倖《ぎょうこう》と言えた。立ち話に疲れたバアさんは、近くの椅子に腰かけてさらに話をつづけようとした節があったのだが、運よく満席だったのである。

当たり前と言えば、それも当たり前のことだった。受付票を握りしめて待っている人の数は、すでに十人近くにまで増えていたからだ。誰もが待つことに疲れて座っていた。気がついたときにはすでに椅子が埋まっていた緒方も、バアさんと同じく立っていたので、いい加減疲れてきたところだった。

順番が来ると、用事はすぐに終わった。封筒の重さと大きさを測ってもらい、郵便料金を支払うだけだったからだ。金もおろすつもりだったので、待っている間にＡＴＭで済ませておけばよかったと後悔したが、待たされて頭に血が昇っていたから、すっかり忘れていた。

ＡＴＭコーナーへ行くと、使用中が一人、並んでいるのが一人いた。緒方はその後ろに並び、そこで我が目を疑った。機械を操作していたのは、あのバアさんだった。

想像しうる範囲で最大最悪の、嫌な予感がした。

この郵便局にはＡＴＭが一ヵ所しかない。別の郵便局で金をおろそうかと、しばし考えた。けれど、そこへ行くには車で二十分ほど走らなければならない。そこまでして、と考え直す。まあいい、少しだけ待ってみよう。いくら何でも無言の機械相手に、あれほど粘れないだろう。

しかし案の定と言うべきか、さっきのバアさんはもたついていた。通帳を入れては機械に戻され、あちこちボタンを押した挙げ句に、「はじめからやり直してください」と機械に注意されていた。ようやく手続きが終わった気配を感じたので、ホッとしたのも束の間、今度は別の手続きをやりはじめる。

窓口のときと同じで、バアさんは延々とＡＴＭを占領しつづけていた。またここでもかとげんなりしたが、緒方の前で待っているジイさんのイライラは、背中からも伝わってくる。見たくはなかったが、念のため後ろを振り返ってみた。行列は五人にまで増えていた。

（このバアさん、ここに居着いてるのか？　郵便局の怪人か？）

こみ上げてくるイライラを、そんなことを考えて潰しながら、前のジイさんを見た。こちらも通帳を手に持ち、全身を使って貧乏ゆすりをしながら何やらブツブツ呟いている。

「早くしてくれ……急いで金を送らないと大変なことになる……早く早く早く……」

これはこれで怖い。

背後から送られる何人分もの怒りの気持ちなど、まさに馬耳東風のバアさんが今度は、あろうことか機械の横にある赤いボタンに指を伸ばした。

（あっ！）

そう思ったときはすでに遅く、ジリリリリ！　と、けたたましい非常ベルの音が鳴り響いた。すぐに横のドアが開くと、中年の男が慌てて飛び出して来た。

郵便局員は警報音を止めると、非常事態ではないことをバアさんに確認し、それから待合ロビーへ行って押し間違いだった旨を告げ、客たちに謝ると再び戻ってきた。

きっとこんなバアさんがタクシー代わりに救急車を呼んだりするのだと、怒り心頭に発しながらも、緒方は妙に得心していた。しかしバアさんには悪びれたところなど一切なく、局員につきっきりで教えてもらいながら、ようやっと長い操作を終えたのだった。

並んだ客に平謝りする局員に激しく同情しながら、緒方は一つ前に進んだ。用事が済んだはずのバアさんは緒方の脇に立ったまま壁のほうを向き、なぜか封筒から札を出して数えはじめた。さっき出金した際、局員の人と一緒に確認したはずだった。ここでさらに念には念を入れて札を数える必要などあるか？　あれほど長時間占拠していた機械が、それほど信じられないのか？

指をなめなめ一枚ずつ数えていたバアさんは、満足そうに大きく何度かうなずくと封筒に金を入れ直した。もうこれ以上面倒に巻き込まれたくない。頼むからもう、早く出ていってくれ！

タンタンタンとボタンを押す音がした。見ればＡＴＭを操作中のジイさんが、異様な勢いで画面を指で叩いていた。左手に何かを握りしめながら、早くしろ早くしろと同じ言葉を繰り返している。

近頃の年寄りというのは、どうしてもっと周囲に配慮した良識的な行動がとれないのか。自分も年寄りであることを棚に上げて、緒方は嘆息する。

機械が反応しないのか、はたまたジイさんのやり方が間違っているのか、きっと後者だとは思うが、一向に操作は進みそうにない。

「ちょっと、ねえ、そこのおじいさん」

またあのバアさんだ。今度はＡＴＭのジイさんに話しかけている。ジイさんが振り向いて、じろりと睨んだ。目が血走っている。今度はいったい何をしでかすつもりか、バアさんはジイさんをじっと見つめている。

ジイさんは顔をＡＴＭに戻して言った。

「バアさん、何の用だ」

「バアさんですって!?　誰がバアさんよ」

「こっちがおじいさんなら、そっちはバアさんだろ？」

「まあ、なんてことを……わたしはまだ七十代半ばで、そんな風に呼ばれる筋合いなんか」

「俺は七十三歳、あんたより若い」

これはいったい何のやり取りなんだ？　二人の話は嚙み合っているような、そうでもないような。

「まあいいわ。それはそうと、手に持ってるのは携帯電話じゃないの？」

そう言われて緒方も改めて見てみると、彼は左手にスマートフォンを握りしめていた。そういえば操作をはじめてから、何度か左手を耳のほうにもっていきながら、右手で画面を触っていた。

「それ、詐欺じゃないでしょうね。本当に大丈夫？」

「うるさい、いま取り込み中なんだから黙っててくれ！」

画面と睨めっこしながら、ジイさんが怒鳴りつける。バアさんも負けてはいない。

「ATMの前に立って、携帯電話を持って、画面を操作して……どう見ても、これから詐欺に引っかかる気満々のお年寄りに見えるんだけど」

「バカにするな！　オラオラ詐欺なんかに引っかかるわけないだろう」

オラオラ詐欺……田舎者を装った新手の詐欺か？　そんなことを考えていると、遠くのほうからサイレンが聞こえてきた。ウーウーウーという音ということはパトカーだ。あのバアさんが、さっき非常ベルを押したことを思い出した。

郵便局内が騒然としてきた。出入り口まで来て、外のようすを窺う者まで現れる始末である。

満車だった駐車場の前の路上にパトカーが停まった。中から二人の警官が降りてきて、小走りにこちらへ駆けて来る。駐車場から階段を数段上がると入り口、左手にATM、そこを過ぎると窓口のロビーである。

ATMの奥の扉から、さっきの郵便局員が出てきて警官に何事かを告げた。

「なに、いったいどうしたっていうの」

最後尾に並んでいた女性が誰にともなく呟いたので、仕方なく答える。

「さっき、このおばあさんが」

食い入るようにATMを見つめているバアさんを、指して言った。

「勘違いして非常ボタンを押してしまったんですよ。それで多分、警察へ直接通報が行ってしまったんだと思いますが」

「あらまあ、それは大変」

「まあ、間違いだとわかればすぐに帰っていくでしょうけど」

ATMのブースに警官が一人入ってきた。ただでさえ狭い空間が、押《お》し競饅頭《くらまんじゅう》のような状態になった。さっきの中年局員が経緯を説明した。

「こちらの方なんですが」

局員が指し示すと、警官はバアさんから事情を聴いた。操作がわからなくなったので、係の人を呼ぼうとボタンを押した。まさか非常ベルとは思わなかった、とかなんとか言い訳している。

「わかりました。ただ通報があると、それが誤通報だった場合でも、一応書面にして上司に報告しないといけないので」

するとそのときバアさんは唐突に、警官にこう告げた。

「それよりお巡りさん、このおじいさん、振り込め詐欺に引っかかってる最中だと思うんだけど」

若いその警官は一瞬、ギョッとした顔になり、それからジイさんの背中とバアさんの顔とを交互に見た。それからジイさんに声をかける。

「すみません、何を操作してらっしゃるんですか？」

「うるさい、もう俺のことはほっといてくれ！」

驚いたことに、ジイさんは耳が遠いのか操作に集中しているのか知らないが、警官が来たことにもまるで気づいていなかった。

「もしもし？」

警官が肩に手をかけると、振り返りもせずにその手を払いのける。

「ちょっと、いったん操作を止めましょう、ね」

警官が耳元でやさしく声をかけたところで、ようやくジイさんが後ろを振り向いた。今度はジイさんが仰天する番だった。

「な、なんだあんたは？　なぜ、こんなところに警官がいるんだ」

「非常ベルの通報がありまして、それで急いで駆けつけたところ、途中、パトカーの無線に誤通報だったと知らせが入ったのですが、念のため現場まで行くことになって、それでここにいるんです。現在、振り込め詐欺が多発していますので」

噛んで含めるように話したが、ジイさんの頑《かたく》なな態度は変わらなかった。

「だから、これは詐欺なんかじゃないと言っとるだろう」

「わかりました。それでは念のために確認させてもらいますが、どこへ、いくら振り込もうとしていたのか、それだけでも教えてください。問題ないとわかれば我々は退散しますので」

ただでさえ窮屈だったATMの場所には、いまや野次馬も加わって、ぎゅうぎゅうの鮨詰《すしづ》め状態と化していた。他の客に押されて壁にへばりつくようになっていた緒方は、もうすべて投げ出して帰りたい気分だったが、その一方で、ここまで来たら事の成り行きと顚末《てんまつ》を知りたい気持ちもあった。結局、欲求に負けた。

「……さっき孫から電話が来たんだよ」

ジイさんが呟いた。警官は、なるほど、と相槌を打った。そのとき周囲を埋め尽くしていたざわめきが止まり、不意に静寂が訪れた。それは耳が痛くなるほどの静けさだ。固唾を呑《の》んで見守るとは、まさにこの状況のことだった。

ジイさんが発する次のひと言に、皆が集中しているのが伝わってきた。ジイさん一人を除いて。

「会社の金を使い込んで、それで、すごく困ってるから急いでお金を振り込んでくれないかって孫が言うもんだから、俺も慌てて……」

緒方はうなずいた。隣にいたバアさんもうなずいた。そして若い警官も、大きく二度うなずいた。

それ、完璧に詐欺ですよね？　皆が心の中で、そう呟いているはずだった。ジイさん一人を除いて。

「わっかりました！　それでは、もっと詳しい話を聞かせてもらえますか」

しばらくはモゴモゴと口ごもっていたジイさんだったが、初めて自分を取り囲む大群衆の存在に気づいてようやく我に返ったのか、しおしおと警官に従って外へ出るとパトカーに乗せられた。

主役たちが退場したATMには、高揚感のような、同時にどこか物寂しいような空気が流れていた。面白い出しものを見せてもらえたような、奇妙な満足感とともに。

自分はつい今し方まで、振り込め詐欺事件の現場に居合わせるという、稀有な体験をしたのだ。そんな感慨が、ふつふつと湧いてくる。しかも、あのジイさんが振り込む寸前、本当にあと数分で被害に遭うという直前で、それを未然に止めることができた。その場面に立ち会えたのである。

しかしドラマはもう終わった。そんな興奮冷めやらぬ思いをそれぞれが抱えたまま、観客たちは三々五々散開して行った。例のバアさんはといえば、事情聴取の面倒に巻き込まれたくないからだろう、パトカーとは逆のほうへそそくさと姿を消した。

長い長い待ち時間を経た末に、緒方はようやくＡＴＭの前に立った。金を引き出そうとしたのだったが、ボーッとしていたせいか三度も操作を間違えてしまった。今度は自分が迷惑老人になりかけているじゃないか。

（俺も人のことは言えないな）

あのバアさん、少しばかり……いや、相当周りに迷惑はかけたものの、まあ、お手柄といえばお手柄だった。結局、姿をくらましてしまったから、警察からの表彰状はもらい損ねたけどな。

ようやっと用事を済ませて郵便局を出ると、陽が傾きかけていた。いつの間にか凝り固まっていた身体で伸びをしながら、さっきの出来事を振り返ってみる。

ワクワクしている自分がいた。あのような場面に遭遇したことで、妙な昂揚感があった。変わり映えのしない日々の中で、（珍しいものを見たな）という気分である。うん、今日は儲けものの日だった。

そうだ、せっかくだから、今度このエピソードを誰かに教えてやろう。身近でこんなことが実際に起きたと知る人が増えれば、詐欺を防ぐ一助になるかもしれない。それに、噂《うわさ》に尾ひれがついて広まれば、それもそれで面白そうだし……。

小さな満足感とともに、緒方は家路についた。

詐欺なんて　銭がなければ　ノーマーク

待合室にて

植木 久 77歳

病院は 町の噂の 吹きだまり

Ⅰ

その日は、痛めた腰の治療で週に一度の病院通いの日であった。待合室の南側に面した大きな窓ガラスに近い席に、植木久《うえきひさし》は腰かけていた。

眠けをいざなうような暖房に、大きなガラス窓からは、まぶたを力ずくで下ろそうとする陽射しが降りそそいでいた。植木は、うとうとしかけていた。

カクンと頭が落ちてハッとしたとき、その話が聞こえてきた。目を閉じたまま居眠りしている体《てい》を装いつつ、植木はこっそり盗み聞きをはじめた。

二人の老婦人が、ひそひそ声で語り合っていた。会話といっても、おもに喋っているのは赤いカーディガンの女で、一方の青い服の女のほうは、もっぱら相づち役のようである。背中しか見えないのだが、左が赤で、右が青だ。

はじめのうちは、電気代も灯油代も高くてエアコンも我慢しなくちゃ、というような愚痴の応酬だったが、途中から俄然《がぜん》興味深い話になってきた。

会話の中身は、こうである。

彼女たちは同じ町内会の住人らしいのだが、その町内会に宝くじの高額当選をした人物がいるらしい、との噂が立っているという。

噂話をしているのは左の赤女で、右の青女が話の途中で尋ねた。

「それ、誰に聞いた話なの？」

眉唾じゃないの？　という口ぶりだ。赤女が答える。

「従妹がさ、スーパーマーケットの敷地内にある宝くじ売り場で働いてるんだけど、その従妹から」

「そういうのって、人に喋っちゃダメなんじゃないの？」

「そうかもしれないけど、でも従妹の気安さから、つい口が滑ったんでしょ。それにほら、この売り場から高額当選者が出ました！　って宣伝もしてるし」

青女は承服できかねるという調子で言った。

「宣伝はかまわないんだろうけど、当たったのはどこそこのご町内の人です、はいいのかなあ」

（ダメに決まってんだろ！）

植木は心の中で突っ込んだ。そんなもん、最重要の個人情報じゃないか。まあ、それを言ったら、こうやって盗み聞きしてるのもダメだという気もするが。

赤女は忠告など耳に入っていないような調子でつづける。

「私も知ってる人だって言ってた。しかも、ご近所さんみたい」

「もしそうだとしたら、かなり容疑者は絞られてくるんじゃないの」

赤女に乗せられてか、いつの間にやら青女まで乗り気になってそんなことを言う。

「容疑者って、なんの容疑者？」

「宝くじ大当たりの容疑者。だって、そうじゃない。あたしたちなんて節約節約、チラシを見て一円でも安い店まで行って買い物してるっていうのに……そういえば今朝のチラシ見た？スーパーで豚バラ肉が、サンキュッパだって！」

（豚バラはいいから話を戻せ！）

植木は、すっかり噂話に前のめりである。心の声が聞こえたのか、青女は言った。

「その人、きっと毎日毎日、贅沢三昧《ぜいたくざんまい》の暮らしをしてるに違いないんだから」

「いや、それはわからないけど……」

「そんなの絶対に許せないと思わない？　贅沢犯罪の容疑者よ、そんな人。絶対見つけてやる」

やや引き気味の赤女に向かって、青女がさらに暴走する。青と赤の立場は逆転してしまっていた。赤女が恐る恐る訊いた。

「見つけて、どうするつもり」

「決まってるじゃない、問い詰めて白状させて……」

「白状させて？」

微妙な間のあと、青女が断言した。

「奢《おご》らせる！」

「……？」

植木は、思わず椅子から転げ落ちそうになった。

（奢らせるって……あんたは小学生か！）

赤女が脱線しかけた噂に話を戻す。

「それでね、その人、女性だっていうのよ。あなた、思い当たる人いない？」

青女が、しばし黙り込む。そこまで真剣に考えることか？　そう思いつつ、聞き耳立てている自分も自分だが。青女が首をかしげながら答えた。

「もしかしたら若尾《わかお》さんじゃないかな。あの人、最近、派手になってきたし」

「そうか、そうかもしれないね。確かに前は灰色とか焦茶とか、くすんだ色の服ばっかり着てたのに、この間なんかピンクよピンク……う～ん、でも若尾さん、ご主人が亡くなったから、それでお金が入ったのかもしれないし」

「あそこ、ご主人が財布握ってるって言ってたもんね。なら、若尾さんじゃないね」

「けっこうな高齢者だって、従妹は話してたけど」

赤女の言葉に、青女が食いついた。

「何歳ぐらい？」

「さぁ、そこまで詳しくは聞かなかったけど。でも今どき六、七十代ぐらいじゃ、けっこうな高齢者とは言わない気もするから、八十代とかじゃないかな」

「それじゃあ、ちょうど私たちと同じぐらいか……あっ、富士《ふじ》さんだったりして。あの人、最近よく家を空けるようになったの。年も年なのに、ちょくちょく海外旅行にも出かけてるって話だよ。富士さんの家にお茶飲みに行った人が、なんて言うんだっけ、あのハワイ土産のナッツ」

青女の問いに、少し考えて赤女が答える。

「マカダミアナッツ？」

「そうそう、それ。家へ遊びに行ったら、そのマカダミアナッツが出てきたんだって」

「へ、へぇ……」

「絶対にハワイ行ったと思わない？」

戸惑う赤女の気持ちが植木にはよくわかった。

（そんなもん今どきスーパーでも売ってるわ！）

「そういえばあなた、『【その日】から読む本』って知ってる？　その従妹から聞いたんだけど」

赤女が言った。つい、植木まで真剣に考えた。

（その日って、なんの日だ？）

「出産したお母さんのための本？」

「違うの。宝くじで一千万円以上の高額当選をした人は、そういう冊子を渡されるんだって」

「ふぅん」

青女が気乗りしないようすで相槌を打った。自分には関係ないという感じで、それは植木も同じだった。しかし赤女は、なぜか興奮気味である。

「聞いたらね、面白いんだから。その本には、〈今の自分はふだんとは違う興奮状態にあると意識しましょう〉って何度も書かれてるんだって」

他にもね、と、どんな心理なのか想像もつかないが、こんなことが書いてあるそうだと、赤女は滔々と喋り出す。

〈絶対に必要でない限り、現金は持ち帰らない〉

〈言動に注意をして、いつも通りの生活を心がけましょう〉

〈ひとりでも話せば、うわさが広まるのは覚悟しよう〉

話している赤女の後ろ姿からは、興奮がエスカレートしているのが伝わってきた。もし自分がそうなったらと、妄想を膨らませているに違いない。

「つまり宝くじに当たった人はいつもと違う興奮状態に陥ってるから、気が大きくなって普段やらないことをやってしまう、ってこと。噂が広まる覚悟って言われてもねぇ……あなた、もし当たったらどうする？　誰かに話す？」

赤女、当選後の身の処し方にまで言及する始末である。

「う～ん、どうかなぁ。人に話すのは、ちょっと躊躇《ちゅうちょ》するかも」

「私だったら、性格的に黙ってられなくてきっと喋っちゃうな」

赤女は架空の話で断定した。それはそれとして、植木は少しおかしいなと思いはじめていた。自分が待合室に入ったときには、すでに赤女と青女は並んで腰かけていた。周りの人たちは名前を呼ばれて診察室に消え、出てくると会計を済ませては帰っていく。

あの二人だけ、さっぱり呼ばれない。

「植木さーん、診察室へどうぞ」

彼女たちより遅く受け付けしたはずの自分が、先に呼ばれてしまった。内心、首をかしげながら診察室に入った。あの二人のほうが先だったはずなのに、どうなっているのだ？

いつも通りの当たり障りのない症状の説明と、「お大事に」の言葉を聞きながら外へ出た。驚いた。まだ二人が話し込んでいた。

さっきと同じ長椅子に座り、盗み聞きを続行する。今度の話題は、町内に出された特殊詐欺注意報へと移っていた。

数分後、名前を呼ばれたので植木は立ち上がり、会計を済ませた。あとは帰るだけである、いつもであれば。立ち去りがたい思いで、しばし逡巡《しゅんじゅん》した。盗み聞きのつづきが気になるとは、俺もバカだな。

我に返り、植木が出口へ向かおうとするのとほぼ同時に、二人が立ち上がった。出口へ向かいながら、青女が赤女に向かって小声で言った。

「よかった、これで今日も、エアコン代をちょっと浮かせられたわぁ」

「うん、ヒマも潰せたしね」

そう言い合うと二人は待合室を出て行く。

(患者じゃなかったのかよ!)

植木は二人の後ろについて病院から外へ出た。

二人は手を振り、左右に分かれて行った。植木も左なので、目の前には赤女がいた。すると彼女が呟く、ひとり言が耳に入った。

「あーあ、つまんないの。せっかく〈噂が広まるのは覚悟して〉来たのになぁ」

赤女は〈ふだんとは違う興奮状態〉だったのだ。

(この女、宝くじハイだったか……)

II

待ちに待った病院通いの日である。医者の説明によれば腰痛も治まりつつあり、今後は十日に一度くらいの通院でいいことになっていた。

週の半ばだからか、待合室はいつも以上に閑散としていて、五、六人がパラパラと長椅子に腰かけている程度だ。と、そのとき一番隅っこの離れた長椅子に、二人の高齢女性の姿を認めた。

（ロックオン！）

植木は今回、あの二人に照準を合わせることに決めた。この病院の待合室で人の話を盗み聞きするのが、すっかり中毒と化していたのだった。

相手に気取《けど》られないよう、こそ泥さながらに近づいて行き、会話が聞こえるギリギリの長椅子に陣取った。腕組みをして目を閉じ、居眠りしている体を装う。相手の警戒心をゆるめて、喋りたいだけ喋らせるために編み出した、盗み聞きの高等テクニックである。

早速、興味深い会話が聞こえてきた。それは、胡乱《うろん》で聞き捨てならない内容だった。

会話の中身は、こうだ。

左の女性は、どうも夫婦仲があまりよろしくないらしく、しきりに夫のことで愚痴っていた。ここまでならば、まあ、よくある話だ。自分にも心あたりがなくはない、と植木は思う。ある程度年齢がいった夫婦なら、ままあることだろう。

「ところで方法は、どうするつもり？」

右の女が訊くと、左の女は即答した。

「いま考えてるのは包丁」

「それは、やめたほうがいいんじゃないかな。想像しただけで気持ち悪いよ」

「そうかな……それじゃ、どうしようか。他にどんな方法があるかな？」

うーん、と言ったきり右の女は口をつぐんだ。左の女も何やら居心地が悪そうに肩をすくめた。しばし二人で黙り込んでいたが、やがて右の女が言った。

「ヤクサツとか」

「ヤクサツって何？」

植木も心の中で、左女に同意した。あまり聞き馴染みのない言葉だ。

「首を絞めること」

右女が言った言葉を、植木もこっそりスマートフォンで調べてみた。居眠りしているのに検索するのも、どうかと思うが。〈扼殺〉手や腕で、頸を圧迫して殺すこと……殺す？　左女が強めに否定する。

「無理無理、だって女性は力が弱いじゃない。他に何か、あまり難しくない方法はないかな」

「えー、他にって言われても、そうポンポン出てこないよ」

右女が困惑して答えた。

（そうだ左女、他人任せじゃダメだ。お前も考えろ！）

植木も内心で毒づいた。しかし新たな提案は、やはり右女のほうだった。

「だったらさ、やっぱり毒を使いなよ」

「毒、か」

いよいよ不穏な空気が流れてきた。この二人、いったい何の話をしているのか。まさか野良猫を始末しようとしてるわけじゃないだろう。もしや、夫の殺害計画とか？

途中までは昨夜見た刑事ドラマの話題なのかとも思ったが、もしそうだったら「毒を使いなよ」とは言わないはずだ。

「毒殺か、いいかもしれない。何より手を汚さなくて済むのがいいね。うん、それにしようかな」

（店でケーキを頼んでるんじゃないんだよ！）

左女の言葉に、植木の耳がどんどんダンボと化してゆく。これは何を目的とした会話なのか。

「ところで、保険金は？」

「もちろん掛けてある」

嫌な予感で頭がぱんぱんだ。左女の夫を、共謀で殺害しようと計画しているという話ではなかろうな。常識的に考えれば、そんな話をこんな場所でするとも思えないが……。

殺害を真剣に考える左女も充分恐ろしいが、具体的な方法を大真面目に提案する右女からは、どこか底冷えのするような怖さを感じる。しかも微妙にそそのかしている節も感じられた。毒とか、保険金とか。

その後も淡々と進んでいく会話は、やはり何者かを殺害する内容らしく、いままさに佳境へ入りつつあった。

殺すこと、そして毒を使うことが最終決定した模様だ。

そして次は、犯行が露見しないようにするための、つまり完全犯罪遂行のための方法を話し合っている。しかし、すっかり行き詰まっているようだった。

(当たり前だ、完全犯罪なんて無理に決まってる。殺人なんて諦めろ!)

植木は左女と右女に向けて、交互に強力な念を送りつづけた。居眠りの体で。

しばらくうんうんと唸って二人で考えていたが、最後は、左女が匙《さじ》を投げたような調子でこう言った。

「あーあ、人ひとり殺すのも楽じゃないよ」

「ほんとほんと。しかも完全犯罪だなんてハードル高すぎる。私たちにはちょっと無理だったかも」

（よし、よくぞ改心してくれたな！）

植木は胸をなでおろした。殺害計画は諦めたようだ。送った念が二人のハートに届いたらしい、と満足した。具体的な行動は何ひとつとっていないにもかかわらず、しかも居眠りを装いつつにもかかわらず、まるで重大犯罪を未然に防いだような達成感があった。

（偉いぞ、俺！）

二人が立ち上がった。また名前も呼ばれず、診察もしないで帰るのだろうか。この待合室は、年寄りの暇つぶしの場と化しているのか？

「植木さん、診察室へお入りください」

看護師に呼ばれ、植木は立ち上がった。出口に向かう二人とすれ違いざま、あの左女が言った。

「また創作教室の先生に叱られるかなぁ」

「あなたたちにはミステリーを書く才能がないって」

呆気にとられたまま、植木は二人の背中を見送った。

Ⅲ

ある日いつものように、待合室で診察の順番を待っていた。テレビはついているものの、音量が低く設定されているからか、ほとんど聞こえず映像が流れているだけだ。本や雑誌が置いてあるわけでもないので退屈していると、前の椅子から会話が聞こえてきた。

長椅子に並んで腰かけている二人の女性だ。後ろから見える雰囲気は二人ともよく似ており、マダムと呼びたくなる感じだった。昼下がりの待合室、シニアマダム二人が優雅な会話を楽しむの図である。

耳たぶは自然、そちらの方向に向けられた。

「ねぇ、あの話、聞いた？」

帽子をかぶった左の女が言った。話題を振られた右の女は、ベージュのストールを肩に掛けている。

「あの話って何？」

「ここだけの話だけど、同じ町内会の原《はら》さんの家のおじいさん、オレオレ詐欺の被害に遭ったみたいよ」

「え――っ!?」

待合室にいた全員が、一斉に振り返った。全員と言っても五、六人ほどだが、大声を上げたストールの女は、詫びるように頭を下げた。それから辺りを憚《はばか》るように、急に小声に変わった。やっと聞きとれるくらいの声だ。それにしても、いまどき特殊詐欺ではなくて、オレオレ詐欺という単語を使う人も珍しい。

「もう、腰が抜けるほど驚いたじゃない。それ、ほんとなの」

右のストールの女が言うと、左の帽子の女が「ごめんごめん」と、なだめるように肩を手でなでた。ストール女は畳みかけるように問いかけた。

「詐欺って、一体いくらぐらい取られたのかな」

「それが、すんでのところで被害に遭わずに済んだみたい」

「何よ、もう」

ストール女、ものすごく残念そうである。

(被害に遭うほうがよかったのか？　無責任な噂話が盛り上がるから？)

「それなら被害に遭ったじゃなくて、遭いそうになった、でしょうに。言葉は正確に使わなくちゃ。それにいまはオレオレ詐欺じゃなくて、振り込め詐欺、または特殊詐欺と言うんだから」

「だから……ごめん」

「詐欺被害に遭いそうだったのって、どこ？　コンビニとか」

ストール女が尋ねると、帽子女が大げさな口調で答える。

「それが郵便局だって。ほら、入口の横に機械でお金をおろしたりするコーナーがあるでしょう」

「ATMのこと？」

「そう、それ。そこで振り込もうとする寸前で発見されたらしくって」

「発見……誰に発見されたの」

ストール女がさらに訊くと、帽子女は自信満々にこう答えた。

「それが、びっくり。お巡りさんが見つけたみたいよ」

「えーと、つまり、たまたまお巡りさんが郵便局に来てたということ？　そんな偶然ってあるのかな」

ストール女が首をかしげる。確かに、偶然にしては出来すぎた話だ。

「それが、さらに驚いたのは、非常ベルが鳴って、それでお巡りさんが駆けつけて、原さんのおじいさん、犯人に振り込むための最後のボタンを、いままさに押そうとしたその瞬間に、おじいさんの手をガッと摑んで止めたんですってよ」

「う〜ん……ドラマチックでよく出来たお話だけど、ちょっと疑問も湧いてくるわね。その非常ベルを押した人って、本当に原さんのおじいさんだったの」

至極当然とも思えるストール女の疑問に、帽子女が口ごもる。

「そこが、いま一つはっきりしないんだけど、多分そうじゃないのかなぁ。ほら、噂話って尾ひれがつくって言うじゃない。だからどこまで本当で、どこからが眉唾か、私もはっきりしなくて」

帽子女のあやふやな答えに、ストール女は小首をかしげ、しばし考えてからこう告げた。

「やっぱりその話、おかしいよ。いい？　話を整理してみるよ。原さんのおじいさんに詐欺電話がきてATMコーナーへ行きました、そして携帯電話で話しながら操作していました……ということは、騙《だま》されてお金を振り込もうとしてる人が、自分で非常ベルを押したってことになるじゃないの。いままさに騙されようとしてる人自身が非常ベルを押すなんて、どう考えても変だと思わない？」

ストール女の至極もっともな疑問に、今度は帽子女が首をひねっている。

「きっと、気が動転してたんじゃないのかな。急いで振り込まないと、子どもか孫か知らないけど、大変なことになると信じちゃって」

それでもストール女は、なおも食い下がる。

「騙されてるんだから、焦ってるのは確かにそうだったんだろうけど、それでどうして非常ベルを押すのか、そこがわからないよね……あっ！　もしかして原さんのおじいさん、認知症気味だったりして」

黙り込んでいた帽子女は、「そうだ！」と小さく叫んでこう言った。

「最近忘れっぽくて、自分でも本当に嫌になるんだけど、やっと思い出した。非常ベルを押したのはおじいさんじゃなくて、原さんのおばあさんだったんだって！」

背後から見ていてもわかるほど、二人の間に奇妙な沈黙が流れた。ややあって、ストール女が訝《いぶか》しむような調子で言った。

「……だって原さんのおばあさん、もう何年か前に亡くなってるじゃない」

「でも、おじいさんが騙されそうになってるのを見るに見かねて、出てきたらしいって、噂ではそう聞いたけど」

「出てきた？」

「……幽霊になって」

ストール女は、横の帽子女をじっと見つめた。この人、本当に大丈夫？　とでも言いたげだ。二人とも、どこか気まずそうである。ストール女は冷静さを保とうとする感じで尋ねた。

「念のため、確認させてね。騙されそうな原さんのおじいさんのことを心配して、亡くなったはずのおばあさんが幽霊になって出てきて、それで非常ベルを押した。そういうことで間違いない？」

「そう。それでね、すんでのところで詐欺を止めて、おじいさんが警察の人に話を聞かれてるうちに、原さんのおばあさん、現場から姿を消しちゃったんだって」

帽子女のその奇怪な報告に対し、ストール女が冷静に相槌を打った。

「姿を消した……そうだろうね、幽霊だからね」

「そうね、そうだよね、幽霊だもんね」

こんな、ぐだぐだな話の流れだというのに、なぜか二人はそれなりに納得したらしかった。ストール女が、いまの話はもう忘れましょう、という雰囲気で言った。

「自分は大丈夫って信じ込んでる人ほど、詐欺の話に引っかかるっていうから、私たちも気をつけないと」

「それはそうと、私ちょっと、というか相当怖いんだ。だって詐欺で騙された人、うちの町内だけで、もう二人目なんだってよ。うちの町内、なんか呪われてない？」

「えっ、そうなの？」

さすがにストール女も動揺を隠せないようすだ。他人事とはいえ、確かにそれは恐い。

「うちの町内だけで、二人？」

「うん、ここだけの話なんだけど。原さんの前に、高峰《たかみね》さんの奥さんもお金を振り込ませられたみたい。噂では」

「高峰さんって、あの高峰建設の奥さんの」

帽子女は大きくうなずいてから言った。

「これも、ここだけの話なんだけど」

ここだけの話、という前置きがある話ほど人口に膾炙《かいしゃ》しやすいものはない。

「高峰さんの奥さん、どうも宝くじ当たったみたい」

ストール女はまた大声をあげそうになったのか、両手で自分の口を塞いだ。

「それじゃ高峰さん、宝くじが当たって、それから詐欺に引っかかったっていうことになるの？」

帽子女は、せわしなくコクコクとうなずいてから告げた。

「ご近所じゃもう、すっかり噂になってるんだから。どうも宝くじに当たって興奮状態がつづいてたらしくって、あちこちでそのことを匂わせてたみたい。バカよねぇ。それを聞きつけた詐欺の犯人が、高峰さんちの電話を狙ってかけてきたんじゃないかって噂」

もしや、この間の赤女のことだろうか？　しかし狙ってかけるなんてことが、あり得るだろうか？　新聞やテレビのニュースでは、詐欺グループは確か固定電話の番号が載った名簿をたくさん持っていて、片っ端からその番号にかけていって、引っかかった相手に振り込ませると何かで見た気がするが。

「そういうの、なんて言うんだっけ。四字熟語にあった気がするんだけど。自分で蒔《ま》いた種、みたいな」

帽子女の問いかけに、ストール女が自信なげに答える。

「種……一粒万倍？」

宝くじだけに？

「そうだっけ？　まあ、いいんだけど……」

そのとき、看護師が出てきて名前を呼んだ。

「植木さん、植木久さん、診察室へお入りください」

植木は立ち上がった。たっぷり待たされたが、今日もまた面白い盗み聞きができたから、まあ良しとしよう。

まだ何か話し込んでいる、帽子とストールの横を通り過ぎるとき、植木は一人言のように呟いた。

「一粒万倍じゃなくて、自業自得」

二人が同時に、ギョッとした顔をこちらに向けた。そして植木の背中に向かってこう言った。

「だ、誰……？」

植木は診察室へ向かいながら、一人ほくそ笑んだ。

壁に耳あり障子に目あり。ここに障子はないけどな。

待合室　秘密の話が　だだ漏れだ

仕返し合戦

一条ヒサ　74歳

年とれば　キュウリもナスも　曲がり出す

＊

ヒサが茶の間で新聞を読んでいると、何やら違和感を覚えた。へんな匂いがする。いや、匂いというよりは、臭いだ。

その臭いは徐々にきつくなってきて、一分も経たないうちに強烈な悪臭と化していた。もう、強烈どころではない、猛烈と言ったほうがいいほどである。鼻がひん曲がりそうとはこのことだ。

これは一体なんなんだ。何が起こっているというのだ？

立ち上がって台所へ向かう。嫁が、また生ごみを燃えるごみの日に捨て忘れたのではあるまいかと考えた。まったく、がさつで困ったものだ。生ごみ入れのバケツのふたを開けてみる。内側には、液もれした場合のために備えてビニール袋が敷いてあるが、ごみは入っていなかった。今日は月曜日で燃えるごみの日だから捨てたらしい。

生ごみじゃないとしたら……そこで思い出した。以前、近所の飼い猫がヒサの家の裏手、北側にある狭い隙間にネズミの死骸を置いていったことがあった。あのときも吐き気がするほど酷い臭いだった。

庭に出てみて、やっぱりと確信した。家の中よりも、外に出たほうが臭いがきつくなっているのである。ということは、と、いよいよ猫のしわざを疑い、家の北側に回り込んだとき、(ん？)と思った。ほとんど臭いがしない。

ところが南に面した庭に戻ってみると、ふたたび耐えがたい悪臭が鼻をついた。思わず割烹《かっぽう》着《ぎ》をめくり上げて鼻と口をふさぐ。

そのとき、うっすらと漂う煙のようなものが視界の端をかすめた。隣の家との境にある塀の向こうから、その煙は流れてきていた。煙を横切った刹那、思わずむせこんでしまった。

臭いの元は、この煙だな。

いったいどう例えればいいのかわからないほどの強烈さである。あえて言葉にして表現するとしたら、汚れた便所掃除に使った雑巾を洗わないまま放置したような……加齢臭のきついおっさんが一週間履きつづけてヨレヨレになった靴下を嗅がされているような、そんな臭いだった。

早急に原因を突き止めなければならなかった。台所へ戻り、手ぬぐいを二枚重ねて鼻と口をふさぐように巻いてから、庭の煙の出どころとおぼしき塀へと近づいていく。もくもくと立ち昇る煙が体にかからないよう、慎重に歩を進めた。

塀の上から隣家を覗いてみると案の定、隣のジジイがしゃがみこんでいた。七輪の網の上に何かをのせ、うちわでしきりに扇いでいる。

全ての根源は、アレだ。

「おいジジイ、なにやってんだ」

ぎょっとした顔をこちらに向ける。

「おどかすんじゃねえよ、ババア」

「だから何やってんだと訊いてるだろ。何焼いてんだよ」

不意に、不敵ににやりと笑う。

「俺の好物を焼いてんだ。くさやだ」

くさや。確か東京の南のほうの島が特産の、思いっきり臭いことで有名な食べ物ではないか。

「そんなもの焼くんなら、自分ちの台所で焼かんか！」

「へん、やなこった。そんなことしたら家の中が臭くなっちまうべ」

ムラムラと怒りがこみ上げてきた。

「うちが臭いんだよ！　近所迷惑だ！」

「くさやの干物ってのはな、すばらしい健康食品なんだぞ」

こちらの言葉など聞こえていない、とでもいうように無視してつづける。

「この強烈な臭いを乗りこえた末に、勇気を出して食べてみると、信じられないほどの旨さに出会えるんだよ。ちなみに、くさやは世界で五番目に臭い食べ物とも言われてるんだぞ」

五番目ってなんだよ。なんの自慢だ。ジジイは滔々と喋りはじめた。曰《いわ》く、伊豆諸島の特産品で何十年何百年と継ぎ足されてきた塩汁、くさや汁にムロアジやトビウオなどの開きを、しばらく浸けて干し上げる発酵食品なのである。その汁の中では食中毒菌ですら増殖できないという——。

「ちなみに、世界一臭い食べ物はなんだか知ってるか？」

頭に血がのぼっていたものの、悔しいが、ちょっとだけ興味がわいた。ジジイは、のんびりと炭火を扇っている。

「スウェーデンのシュー何とかいう缶詰でな、ニシンだかイワシの塩漬けらしい。死ぬほど臭いんだとよ。そんなのに比べたら、くさやはまだましだ。それに、くさやは体にいいだけじゃなくて、薬にもなるそうだ。伊豆諸島の人たちは、腹を壊したり風邪をひいたりすると、くさやの漬け汁を飲んで治したっていうから凄いもんだよな。傷に塗ってもいいそうだ。なんでも長年使ってるくさや汁には、強力な抗生物質が入ってるんだとよ。抗生物質と言やぁ立派な薬だぞ」

延々と偉そうに講釈を垂れているのが、よけいに腹がたつ。

「そんなご託は聞きたかないんだよ！　いますぐやめて、てめえの家に持って帰りやがれ！」

「いや、まだ焼けてないからな、もう少し焦げ目がついて香ばしいほうが……」

外の流しにあったバケツにたっぷりと水を汲《く》み、そばまで持って行った。

「お、おい、何するつもり……」

ザバーンと、塀の上から水をぶちまけてやった。七輪に命中したらしく、炭から上がる蒸気とくさやの臭いとが渾然一体となって、この世のものとも思えない悪臭が庭に立ち込めた。

ヒサは逃げるように縁側から上がり、窓を閉めた。止めていた息を吐き出すと、ようやく爽快な気分が戻ってきた。

後日、あのくさや焼きは、前にジジイの禁煙をヒサが邪魔したことへの意趣返し、嫌がらせだったことが判明した。生意気にも自分の禁煙を邪魔された腹いせに、くさやを焼いたというのである。

ふん、片腹痛いわ。嫌がらせとくればヒサの得意分野である。いぢわるの本家本元、一条ヒサの真骨頂をご覧あれ。久しぶりに燃えてきた。

何か、いぢわるの良いネタはないものかと知恵を絞った。いぢわるに関しては、いつだって全力投球である。

いつものように落語を聞いていたとき、すばらしい案が閃いた。これまでの人生をかけて精進してきた〈いぢわる道〉も、ようやく円熟の域に達しつつあると自画自賛したくなった。

そう、目には目を、七輪には七輪を――。ジジイが禁煙を邪魔した仕返しにやってくれた、くさや焼き。さらにそのお返しをしてやろうじゃないか。そう、仕返し返しだ！　ヒサは心に誓った。

＊

最近、天気のいい日にジジイは日曜大工らしきことをやっている。以前は鳥の巣箱作りだったが、近頃はそれに飽きたのか、訳のわからない台のようなものを作っている。何もすることがないからとりあえず手を動かそう、とか、そんなところだろう。気持ちはわからないでもない。ヒサだって日中はヒマをもて余している。

台のくせに足をまともに付けられず、立てては倒しをくり返して四苦八苦しているようすを、ヒサはにやにやしながら何回か見物した。

ジジイが作業を開始したら、すぐさま対応できるようにと、ヒサは庭の小さな物置から七輪を引っぱり出しておいた。台所の調味料入れから胡椒《こしょう》を持ってきて、さらに夏物をまとめて入れてある納戸からは、うちわを取り出した。

道具は、極上の物ばかり用意した。弘法筆を択《えら》ばずと言うが、名人は道具を選ぶものだ。いぢわる職人も同様である。

サンマを三匹並べて焼ける大きさが売りの、石川県珠洲《すず》市産〈珪藻土《けいそうど》切り出し七輪〉。岩手のコナラの木を原料とした、切り口が美しい〈岩手の菊炭〉。竹の骨に和紙を張った、熊本は来民《くたみ》の〈渋うちわ〉。近頃ではめっきり出番も少なくなったが、わが家の炭火焼き三種の神器である。

翌早朝、ヒサは縁側まで七輪と胡椒とうちわを運び、となりの庭のようすをうかがった。外へ出てみたものの、まだ人の気配はなかった。さすがに朝の六時から作業をはじめることはないか。

朝食をすませ、お茶で一服したあと、待ちきれなくなって縁側からとなりの庭の物音を確認する。

今度は人の気配があった。ギーコギーコと、のこぎりで木を切っているような音がした。ジジイの、毎日が日曜大工に違いない。ヒサは足音を立てないように縁側から庭に降り、そーっと塀のところまで七輪を運んだ。どうせ相手は耳が遠いのだが、念には念を入れるに越したことはない。いぢわるの神は細部に宿る、だ。

いったん台所まで戻り、炭起こしに炭を入れて五徳にのせ、コンロの火をつける。ヒサが子どもの頃には電気炊飯器などなく、どの家庭でも炭や薪で調理していたから、お手のものである。

炭に火がついた。パチパチと炭火が熾《お》きた頃合いを見計らって、ふたたび庭へ出た。用意してあった胡椒とうちわを持って、七輪の前にしゃがみ込む。

これから起こるであろうことを想像すると、ヒサは緩んでくる頬と、膨らんでくる期待を抑えきれなかった。

炭火にパラパラと胡椒を振りかけて、塀の下の隙間から向こう側へと、うちわで扇いでやる。しかし、なかなか予想通りの反応が起きないため、胡椒の量を大幅に増やしてみた。ややあって、喉がいがらっぽくなるような煙が立ち込めた。それを勢いよく塀の向こう目がけて扇いでやった。

少しした頃、向こうの庭で、「ん？　なんの匂いだ？」と声がした。ジジイの一人言だ。しめしめ、ようやく向こうに届きはじめたか。さらに追加で胡椒を振りかけ、思い切り扇いだ。

「この匂い、どこかで嗅いだような気が……」

そこまで言ったとき、「ファ……ファ……」と息を吸い込む音、そして、ついに「ハークションー！」と大音量のくしゃみが出た。

直後、「うぎゃー！」と絶叫がそれにつづいた。ヒサは身をかがめて、塀の隙間からとなりを覗いてみた。左手を地面につき、右手で腰の辺りを押さえてうずくまっている。頭を垂れ、顔には苦悶《くもん》の表情が浮かんでいる。

成功だ。くしゃみでジジイの腰痛を悪化させる作戦、大成功である。ひそかにほくそ笑んでいたつもりが、「イヒヒヒ」と声が洩《も》れてしまった。慌てて口許を押さえたが、遅かった。

「誰だ？　誰かいるのか？」

だんまりを決め込み、身じろぎひとつせずにいた。ややあって、立ち上がろうとしたのか「痛っ！」と声がした。それでも無理やり立ち上がると、足を引きずるように塀のそばまで来た。

「おいババア、ここで何してやがる？」

ヒサは何も答えず、また大量の胡椒を炭にまぶし、盛大にうちわで扇いでやった。

「おい、いったい何をして……ファ、ファ、ファークションッ！」

直後、悲鳴があがり、今度は地面にうつ伏せに倒れこむ。よほどの激痛らしい。

「おいジジイ、大丈夫か？」

心にもないいたわりの言葉をかけると、顔をこちらに向けて「何をした？」と、また尋ねる。板塀をはさんで、目と目が合った。

「これかい？　これはあんたの大好物の胡椒さね、ほれ」

「やめろ、やめるんだ」

「おや？　人にものを頼むというのに、ずいぶんと高飛車な言い草じゃないか。人にお願いするときは、もっとていねいな言葉を使わなくちゃいけないんだよ。物事の道理ってものを知らない奴は、まったく困ったもんだ」

胡椒を炭火に投入して、うちわで扇ぐ。くしゃみが渋滞して、ジジイはゲホゲホと咳《せ》きこみ出した。

すっかり涙目になったジジイは、腰を押さえながら弱々しげに言った。

「た、頼む、やめてくれ……ください……やめて、ください……」

胡椒をさらに大量に投入しようとして、しばし考えてから、手を止めた。今日のところは、この辺で勘弁してやるとするか。あまりに容赦なくいぢわるをして、入院でもされたら事だ。手心を加えておけば、そのうち何かいいことがあるかもしれないしな。

一方、心の奥ではこんなことも考えていた。もそっと若い頃だったら、用意しておいた胡椒なんか全部投入して、盛大にあがった煙を思い切り扇いでやって、腰の痛みでジジイが失神するまでやってやったに違いない。

一条ヒサも焼きが回っちまったもんだよ。

「やっと反省したようだね。あたしに仕返ししようなんざ百年早いんだ。もう二度としないと誓えるかい」

「しません……二度と」

相手に謝らせておきながら、さすがにヒサもちくりと胸が痛んだ。そもそも悪いのは禁煙を邪魔した、このあたしのほうなんだが。内心ではそう思ったが、もちろん口にすることはなかった。

＊

ジジイが起き上がろうとしていたので、塀を回りこんで隣の庭へ行き、手を貸した。腰が痛むのか真っすぐ立つことができず、膝に手をあてて体を屈めている。

「そんなに痛むのかい」

うつむいたまま、コクコクとうなずく。声を出すのもつらいらしい。

「幸か不幸か、あたしゃギックリ腰ってのをやったことがないもんでね。その痛みってのがわからないのさ」

「すごく痛い。てか、苦しい。地獄だ」

呻くように声を絞り出す。

「地獄は、ちと大げさじゃないのかい。本物の地獄だったら、そんなもんじゃないと思うけどね。あまり嘘をついてると、閻魔様《えんまさま》に舌を引っこ抜かれて、血の池地獄に突き落とされるよ」

ジジイはヒサの与太話には答えず、家の近くに置かれた椅子にヨロヨロと歩み寄っていった。その後ろ姿を見ていると、このジジイも歳とったなあと、しみじみ感じた。

ヒサは割烹着のポケットからタバコを取り出し、火をつけた。それからタバコの箱をジジイのほうに差し出した。

「あんたも吸うか」

数秒見つめてから、力なく首を横に振る。煙を吐き出してヒサは言った。

「いま気づいた。あたしらの一連のこの仕返し合戦には、ある共通点があるね。わかるかい？」

問われた意味がわからないらしく、小首をかしげている。

「最初にあたしが、あんたの禁煙の邪魔をした。それであんたはくさやの干物を焼いて、その仕返しをした。そして今日はあたしが胡椒を使って、仕返し返しをした」

「いったい何の話をしてんだよ」

「煙さ。タバコの煙、くさやの煙、胡椒の煙。ぜーんぶ煙だ。面白いと思わないかい」

「なるほどな。言われてみりゃあ確かにそうだ。特に面白くはねぇが」

よほど痛かったらしく顔が土気色になっていた。タバコの煙を目いっぱい吐き出してからヒサは言った。

「こんな諺、知ってるかい。〈煙も眉目《みめ》よい方へならではなびかぬ〉って言って、煙でさえ美人のほうに、なびいていくって意味だ。あたしも若い頃は、よくそう言われたものさ」

「バカも休み休み言いやがれ。てめぇの若い頃なんざ、よく知ってらぁ」

「あぁ、何だって？　また胡椒の煙を喰らいたいか？」

ジジイは急にうろたえ、すまんというように手を合わせた。

「あんたはあたしが煙たいし、あたしもあんたが煙たい。言ってみれば、煙と煙がとり持つ仲ってやつだな」

ヒサが吸うようすを眺めていたジジイが、「煙か」と呟いた。

「この間、火葬で見た煙を思い出したよ」

「ふん、この年になれば葬式だらけさ。あたしだって、ついこの間出てきたばかりだよ」

ジジイはヒサを無視して喋りはじめる。古い付き合いだった友人が亡くなって、葬儀に出席した。火葬にも呼ばれた。昔からバイクが好きな男でなぁ、オレより年はずっと上で、九十五歳だっていうから大往生だろう。

（それ、もしかして高倉錦之介のことじゃ……？）

あたしも出たよ！　危うく口から出そうになったが、すんでのところで思いとどまった。このジジイ、なぜ彼を知ってるんだ？　一体どういう関係なんだ？　とか、あれこれ訊かれて痛くもない腹を探られかねない。

そんなのは真っ平ご免だ。ましてや亭主の過去なんか、ほじくり返された日にゃ、たまったもんじゃない。

そんなヒサの気も知らず、ジジイの話はつづいた。外へ出てみたら、煙突からうっすらと煙が出てたんだ。風がなくて、煙は真っすぐ青空に向かって昇っていた――。

「こうやって人は天国に行くのかなと、そんなことを思ったよ」

急にしんみりした口調で言うので、反射的にまぜっ返す。

「安心しな、あんたは天国にゃ行けないから」

チラとこちらを見てヒサの軽口を受け流すと、足もとに視線を落として言う。

「考えてみれば、あれだな、人間の一生なんて煙みたいなものなのかもしれんな」

「急にどうした、エセ詩人みたいなこと言い出して」

ヒサは空を見上げた。今日も青天で、そして無風だった。タバコの煙が天に向かって真っすぐ伸びていく。いまにも自分が死にそうな気がしてきた。

「人の一生なんて、ひと筋の煙と同じようなもんだろ」

ジジイ、なぜか今日は人生を語りたがるな。

「一生懸命に燃えて燃えて、命の火が燃え終わったら、あとにはなんも残らない」

「虎は死して皮を留め、人は死して名を残す。そしてジジイは何も残せず、か」

「虎の皮の敷物なんか、一回も見たことねえけどな。というか、虎って獲《と》って殺していいのか？」

「絶滅危惧種だろうから、たぶん無理だろうな」

「なら、諺も時代に合わせて変えていかないとダメだな」

一ミリも役に立たないそんな無駄話をしながら、しばらく二人で煙の行き先を眺めた。携帯灰皿でタバコの火をもみ消してから、ヒサは言った。

「あんたの人生が燃えてたかどうかは別にして、それでいいじゃないか。結構なことだよ。変な遺物でも残しちまったら、後につづいて来る人たちが邪魔で邪魔で仕方ないだろ。虎の皮ぐらいなら、どうにだってなるんだろうけど。焼かれて骨になって、その骨だって、いつか土に還る。それでいいのさ」

ヒサはジジイと、そして自分自身を諭すように言った。

「偉い奴も、犯罪者も、真面目な奴も、不真面目な奴も、何も変わりはない。最後は、みんな元素に還元されちまう」

「ゲンソ？」

「ものを生み出すもとになるものさ。いい年なんだから、死ぬ前にそれぐらい知っとけ。その元素が何かの拍子で、何かに生まれ変わるかもしれない」

「そうか、俺も死んだらゲンソになって、何か別のものになるのか。それも悪くないな。今度生まれ変わるとしたら、そうだな、何になろうかな」

自分で言っておいてなんだが、生まれ変わるとしたらなんて考えたこともなかったから、ヒサも少しばかり真面目に考えてみた。

「あたしなら、アフリカでライオンになりたいね。で、草食動物を喰って喰って喰いまくるんだ。百獣の王なんて恰好いいし、さぞかしいい気分だろうねぇ」

ジジイの瞳が、パッと輝いた。

「俺は象かキリンがいいなぁ」

「無理無理。あんたが動物になんか、なれるわけないじゃないかさ。さしずめ、アフリカの大地のそこら中に生えてる草にでも生まれ変わるんじゃないかい？　そして草食動物にむしゃむしゃ喰われて、あっという間に一巻の終わり」

ヒヒヒッとヒサが笑うと、ジジイも笑った。

「生まれ変わって雑草か、そりゃまた随分と冴えねぇ話だ。でもまあアフリカに行けるんだったら、それもいいか」

まるで旅行にでもいくような口ぶりである。ケケケッと笑って、ヒサは言った。

「そんでもって雑草になったあんたを喰った動物を、次はライオンになったあたしが喰っちまうって寸法さ。あんたは食物連鎖の底辺、あたしは頂点に君臨することになるわけだな。まあ、せいぜい立派な雑草として生まれ変われるような戒名でも考えときなよ」

「俺は戒名なんていらねえよ」

ジジイがぽつりと呟き、そしてつづけた。

「前から疑問に思ってたんだが、肉食動物って奴は、肉だけ喰ってて体に悪かないのかね？　人間だと、すぐ病気になっちまうだろうに」

「バカだね、あんたも。肉食動物は肉だけ喰ってると思ってるのかい？　例えばライオンが獲物を仕留めたとして、最初に喰いつくのは内臓なんだ。内臓には草食動物が食べたばっかりの、未消化な草がたっぷり入ってるだろ。それで肉以外の必要な栄養を補給してるらしいな」

「へぇ、そうなのか。お前さん、案外物知りなんだな。おかげで動物の見方が三百六十度変わったよ」

三百六十度……元に戻ってるじゃねえか。

「あたしの生まれ変わりはライオンだからな。いまから勉強しとかないと、ライオンになったとき困るだろ」

ジジイは鼻で笑ってから、こんなことを言った。

「でもさっきの話だと、結局お前さんだってどのみち死んじまって、最後は何かに喰われちまうわけだろ。そういう意味じゃあ、最終的には、雑草もライオンも大した違いはないと思うがな」

「違《ちげ》えねぇや」

ワッハッハッと一緒に笑い合う。こんなに大声を出して笑うのは、久しぶりのことだった。

死んだなら　戒名不要　不要居士

白バアと黒バア

佐久間 粂 78歳

五十年　過ぎても言えぬ　本音あり

*

とうとう待ちに待った日がやってきた。

佐久間健斗《さくまけんと》は、窓におでこをくっつけるようにして目を凝らしていた。新幹線が仙台駅のホームに滑り込んでいき、もう少しで停車しそうになったとき、ようやく祖父母の姿を見つけた。

いち早く気づいたおばあちゃんが、健斗に向かって手を振る。おじいちゃんは、どこだというようにキョロキョロと探している。しっかり者のおばあちゃんと、少し抜けたところのあるおじいちゃん、か。

変わらないなぁと、つい嬉しくなって健斗も大きく手を振り返す。電車が静かに停車した。リュックサックはもう背負っているし、飲み物が入った携帯ボトルも中に入れた。出がけに母親からしつこく注意されたのを思い出し、最後にもう一度忘れ物がないか座席を確認してから、車両の降り口に向かった。

プシューと音がして、ドアが開く。ワクワクして走り出したくなるのを、無理やりがまんしてゆっくりホームへ降りた。もう中学二年生なんだから、と自分に言い聞かせて。

おばあちゃんが、中途半端に手を上げたり下げたりしながら探している。目が合った。心配そうだったおばあちゃんの顔が、パッと笑顔に変わった。とうとうがまんできなくなって健斗は駆けた。

「おぉ、ずいぶん大きくなったな!」

少し離れた場所で声がした。見れば、おじいちゃんが見ず知らずの子どもに声をかけていた。あの子が僕だとしたら、二年ぶりなのに逆に身長が縮んでないか?

子どもが戸惑ったように後ろを振り向くと、母親らしき女性が近づいてきて言った。

「うちの子が何か?」

勘違いだったことに気づいたおじいちゃんが、頭をかきながら戻ってきた。さっきの子どものほうへ、しきりに頭を下げている。健斗はおばあちゃんと顔を見合わせ、大笑いした。

おじいちゃんが運転する車で、途中ファミリーレストランに寄って遅い昼食をとってから、おばあちゃんの家に向かった。

いつも不思議だと思うのは、祖父母の家は、健斗の頭の中では勝手に〈田舎のおばあちゃん家〉と変換されてしまっていることだ。正確には、田舎のおじいちゃんとおばあちゃん家のはずなのだけど、いつも自然とそうなってしまっているし、口から出るときもそうなるのだ。きっと、おばあちゃんという存在が大きすぎるからなのだろう。

家に着いて、いつも泊まる二階の部屋へ行って背中からリュックを下ろした。中から服や勉強道具などを取り出して、机の上にひと通り並べてから、部屋を見まわしてみる。いつも通りきれいに整頓されていて、埃ひとつないように思えた。

そしてこの、ほんの少しだけ古くさいような匂い。いい匂いとは言えないんだけど、健斗はけっして嫌いではない。

うん、僕の部屋だ、と思う。窓を開けて、外の空気を胸いっぱいに吸い込む。小さい頃から見慣れていた風景があった。家のすぐ前には小さな公園があって、それを囲むように何本も高い木が立っている。

おじいちゃんは家の庭に葉が落ちてきて掃除が大変だと文句を言うけど、おばあちゃんは自然が豊かな証拠じゃないのと言う。僕も、どっちかといえばおばあちゃんの意見に賛成だ。

東京の自宅はマンションで、近くには公園もない。樹木もあるにはあるけど道路に沿って並んでいるだけで、まるで面白くない。

ここは田舎のおばあちゃん家といっても、本当のところは、それほど田舎でもない。仙台駅から車で二十分くらいで着く距離だし、周りには家もたくさん建っている。ただ、この公園と木のおかげで何となく田舎に来たっていう気分になるから不思議だ。

今回、仙台にいる予定は二週間である。長いような短いような、飽きそうな飽きなそうな……。何しろ、健斗が一人でこの家に滞在するのは今度が初めてのことだから、まるで予想がつかない。

ただ、何かいいことが起こりそうな予感だけは、たっぷりとあった。

＊

「……それでね、その被害に遭いそうだったおじいさんの、オレオレ詐欺を防いだのが、おばあさんだったって言うんだよ。信じられないでしょう？」

「でも一緒にその郵便局のATMにいたんだったら、別に信じられない話じゃないと思うけどな」

「ごめんごめん。言い忘れてたけど、そのおばあさんは何年か前に、もう亡くなってるんだって」

「……どゆこと？」

「つまり、おばあさんが幽霊になって出てきて、詐欺を止めたっていう話」

「なるほど、幽霊か。夏休みにはぴったりの話だね」

おばあちゃんがコロコロと笑った。この笑顔を見るたびに健斗は、いつか京都で見た仏さまや観音さまの顔を連想してしまうのだった。それぐらい優しくて、柔らかくて、温かい笑みである。

この間どこかで聞いたという噂話を、一緒におやつを食べながら健斗は聞かされていた。おじいちゃんは用事があると言って、どこかへ出かけて行った。

健斗の父親である佐久間徹《とおる》が、おばあちゃんたちの息子だ。大学で東京へ行って、そのまま行きっぱなしで帰ってこなかったというのが、おばあちゃんの口癖である。その話をするときはいつも、ちょっとだけ淋しそうな顔になる。健斗もいつも、ちょっぴり複雑な気持ちになる。そして心の中で（おばあちゃん、なんかゴメン）と訳もなく謝ってしまうのだった。

「そうそう、健ちゃんがきたら、スマホに詳しいだろうから教えてもらおうと思ってたんだけどね」

そう言うと、おばあちゃんは自分のスマートフォンをテーブルから取った。二つ折りにしてディスプレイを隠せるタイプのスマホカバーを開いて、慣れない手つきで画面を操作する。

「これこれ。これのやり方が分からなくて……」

画面を見て驚いた。文字がデカい。そしてアプリが少ない。何だかディスプレイの中がスカスカなのである。そーか、これが簡単スマホというやつかと、初めて目にする健斗には妙に新鮮だった。

どこかのサイトに登録したいというのだが、扱い慣れない簡単スマホは違う意味で難しかった。どうにかこうにか名前とメールアドレスの登録を済ませると、おばあちゃんは「すごいすごい！」と手を叩いて喜んでくれる。いやぁ、そこまでホメてもらうほどのことじゃ。

「さてと……ごめんね、健ちゃん勉強だったね。私もこれから、ちょっと出かけてくるから」

「いいよ。僕が留守番しててあげる」

「だったら、おみやげでも買ってこないと悪いかな」

そんなのいいよと笑って答えて、健斗は二階の部屋へ上がった。この家に来て一週間が過ぎていた。最初の日、部屋に掛かっていたカレンダーに東京へ帰る日に大きく赤丸を付け、それから毎日一日が終わる夜に、小さな黒丸を付けている。

一週間。二週間いる予定だから、もう半分経ったことになる。早い。早過ぎる。朝起きて、朝ごはんを食べて、午前の勉強をして、昼ごはんを食べて、午後の勉強をして、庭の木を切ったり、近所を歩いたり、駅のほうに出かけてみたり、それから帰ってきておやつを食べて、夕飯を食べながらテレビを見て、スマホをいじって、寝る。

ようは、なんもない。少なくとも、誰かに話して聞かせるようなことは何ひとつ起きなかった。それなのに時間が経つのが早いとは、いったいどういうことなんだろうか。

一週間いて、おばあちゃんとおじいちゃんの生活を見ていて、わかったことがあった。おじいちゃんは基本、家にいることがほとんどだ。たまに気が向くと、小さな庭へ出て植木を切ったりすることもあるけど、あとはリビングでテレビを見たりソファに寝そべったりしていることが多い。家でゴロゴロしてる、という表現がぴったりの毎日だ。ヒマじゃないのかな？　と疑問に思うこともある。

だからというわけでもなかったけど、あるとき庭木を切っていたおじいちゃんに（剪定《せんてい》というらしい）、自分にも切らせてほしいと頼んでみた。せっかく孫が来ているんだから、もしかして会話するきっかけを欲しがってるかも、と気を利かせたつもりだった。

好きにやってみろと言われ、大きなハサミを渡された。初めて手にする植木バサミを持って、健斗は慎重に切りはじめた。何本目かの細い枝を切ったとき、おじいちゃんが言った。

「ダメダメ、その枝を切ったらダメだ」

「あ、ごめん。初めてだから、よくわからなくて」

その後おじいちゃんは、まるで監視するみたいに腕組みをして後ろに立った。健斗は今度はより注意深く、短めに枝を切っていった。すると、また少しして背中から声がした。

「コラコラ、そういうことしちゃダメだ。その芽は、夏に切ったら秋には実をつけなくなるんだから」

すぐ口を挟んでくるおじいちゃんへの不満を飲み込み、健斗はハサミを返して部屋に戻った。好きにやれって言ったくせに、ダメ出しばっかじゃないか……。

たまに誰かが家を訪ねてくることもあるが、そのほとんどが、というか、これまで見たところでは百パーおばあちゃんの友だちや知り合いばかりだった。

そのおばあちゃんはといえば、本当に休むヒマなく働いている。というか、動いている。年も年なんだから無理しないでと一度言ったら、じっとしているのは性に合わないんだよ、と返された。

東京ではうちの母親も共働きだから、家に帰ってくると料理から洗濯、掃除ととにかくバタバタと動いていて大変そうだ。確か、おばあちゃんは七十代後半だったはずだけど、そんな年で疲れないのかと心配になってくるほどだ。

買い物も何回か付き合ったものの、おじいちゃんは車に残って新聞を読んでいるだけなので、健斗が買い物かごを持って手伝った。あれをいつも一人でやっているのかと思うと、本当にかわいそうになってくる。

そんな働き者のおばあちゃんだけど、一つだけ健斗が気になっている謎の行動がある。たまに、ふらりと何も告げないままどこかへ出かけるのだ。もちろん、だからといって何か問題があるわけでは全然ない。

リビングにいるおじいちゃんが、おばあちゃんを何回も呼んで、やっと家にいないことに気づいて静かになる。それで家にいないことが初めてわかるのだ。それ以外のときは家にいればわかるし、ちょっと出かけるときには一声かけていく。

帰ってきたときに一度、たまたま固まった体をほぐそうと庭でストレッチをしていた健斗が「どこ行って来たの?」と訊くと、おばあちゃんは笑いながら「ちょっとね」と秘密めかして答えるだけで教えてくれなかった。ナゾだ。

両親との約束で、午前二時間、午後二時間の勉強はズルをしないで真面目にやっていた。夏休み明けにテストがあるから、言われなくても、まあやるつもりではいた。

ただ、ヒマなのだ。おばあちゃんが一休みしていれば話でもして時間が潰せるけど、いないとやることがない。おじいちゃんとは、これといって話すこともないし、孫とはいっても基本、他人に興味がない人なのだ。

それに比べて、おばあちゃんには好奇心がある。健斗たちの日常の何気ない話題でも「へえ」とか「そうなの」と表情豊かに聞いてくれる。本当に興味を持っているのが伝わってきて、いわゆる聞き上手なのかもしれない。

午後の勉強も終えて、さて何をしようかと考えながら窓から外を眺めていたら、おばあちゃんが門のところから出かけようとしているのが見えた。紫色のサマーセーターに、ベージュ色のズボンでけっこう目立つ組み合わせだ。

その瞬間、ひらめいた。よーし、おばあちゃんのあとを尾けて、どこへ何をしに行くのか見てやろうじゃないか。夏休みの解放感も手伝って、ちょっとしたいたずら心が生まれた。

体もなまってきてヒマを持て余している健斗にとって、それは素晴らしいアイデアに思えた。お気に入りのキャップをリュックから取り出してかぶるとバタバタと階段を降り、玄関でスニーカーをつっかけて外へ出た。

門の陰に隠れるようにして、通りの左方向を見た。おばあちゃんの後ろ姿を確認。さあ、尾行開始だ！

＊

おばあちゃんは市営バスに乗って、仙台の街のほうへ出かけるらしい。道路の左側のバス停で待っていたからだ。物陰から見張っているときは見つかったらどうしようとビクビクしていたけど、バスが来て真ん中にある乗車口から、前のほうの席に行ってくれた。

健斗は身を隠すように座り、おばあちゃんが降車ボタンを押す瞬間を見逃すまいとしていた。ピンポーンと鳴って停まったのは〈県庁市役所前〉だった。運賃の両替でまごつき、運転手さんに教えてもらって降りた。

ハッとした。おばあちゃんの姿を見失っていた。キャップを深くかぶり直し、三十メートルほど先の交差点まで行って捜した。真っすぐ先、いない。左側の道、いない。右の道に、紫色の服が見えた。信号はまだ赤だった。

早く青になれ！　と念を送った。おばあちゃんの背中が、見る見る小さくなっていく。焦る。

青になった途端、健斗は駆け出した。走りながらもおばあちゃんの背中からは目を離さなかった。次の交差点で背中は左に消えた。額から汗が噴き出した。

急げ急げ急げー！　交差点まで来て、左を見た。道の両脇に並んでいる店の中の一つに、いままさに紫の背中が入るのが確認できた。店の前まで行き、自動ドアのガラスからそっと中を覗いた。

正面の受付に、おばあちゃんの背中が見えた。改めてドアにあった店名を確認すると、〈カラオケBOX　シマウマ〉とある。

……カラオケボックス？　もしかして、おばあちゃんが一人カラオケ？　すぐにはピンとこなかった。家で歌っているところなんか、これまで一度も見たことはない。というか、カラオケそのものがない。

あのおばあちゃんが一人で歌いまくるところなんて、想像もできなかった。おばあちゃんは恥ずかしがり屋なところがあるから、人前で歌うのはムリということなのかもしれないけど。

健斗も歌うのは好きだ。ただし、友だちと一緒に騒ぎまくりながら歌うだけで、これまで一度も一人でカラオケボックスに入ったことなんかない。でもここまで来たら、と好奇心がむくむくと頭をもたげてきた。

おばあちゃんが、どんな歌を歌うのか聴いてみたい。きっと自分の知らない演歌とかそういうジャンルだとは思うけど、上手なのか下手なのかもぜひ知りたい。

そんな妄想を膨らませているうちに、おばあちゃんが受付から消えた。健斗も中へ入ると、受付の女性が、いらっしゃいませと言った。左右を見ると、おばあちゃんが右の通路の右の部屋へ入るのが見えた。

それを確認してから健斗は向かいの部屋を指定して料金を払った。平日の昼間は三十分で二百五十円、ただしドリンクの注文が必須で一杯百五十円、合計四百円である。夏休み用にお小遣いをもらってはいたものの、痛い出費だ。

メロンジュースを注文してから、おばあちゃんの向かいのボックスに入った。入ってから、しまった！　と思う。カラオケボックスだから部屋の防音は、しっかりしているはずだ。

つまりこの部屋で耳を澄ましていても、向かいからの歌声はほとんど聞こえない。そんな当たり前のことにも、入る前に気づかなかったのだった。

時間超過で追加料金を取られないように、スマホのアラームを二十五分後にセットした。せっかく初めての一人カラオケだから、一曲か二曲ぐらい歌ってみたい誘惑に駆られたが、おばあちゃんの歌を聴いた後に時間があれば、ということにした。

扉を少しだけ開けて、向かいの部屋のようすを窺う。扉は上下がガラスで、真ん中、ちょうど顔の辺りが見える場所が目隠しされている。こっちの部屋は受付から死角になっているが、あまり廊下をうろちょろしていて怪しまれるとまずい。

いったん戻り、目を閉じて耳を澄ませてみた。ほとんど音は聞こえない。少し待っていると、わずかに音楽が聞こえてきた。再び、そろりと扉から顔を出す。向かいの部屋からかすかに音がした。防音だけど、ちょっとだけ音が洩れている。

おばあちゃんの声だった。演歌っぽい感じの伴奏曲と一緒に、何かを歌っている。意外に大声だ。

「あの大バカ野郎の、クソジジイが！」

健斗は耳を疑った。そんな歌詞の歌があるんだろうか。

「死んじまえ！　死んじまえ！　死んじまえー!!」

口汚なく罵るフレーズが聞こえ、思わず耳をふさいで扉を閉めた。いったい何がどうなってるのか。頭が混乱した。

一度は閉めたものの、やっぱり気になってまた扉を開けて耳を澄ました。

「死ね死ね死ね死ね死ね死ね死ね……」

ゾクッとした。背中に鳥肌が立った。まるで呪いのラップだ。これは歌なんかじゃない、心の叫びなんだと健斗は思った。

（いや、おばあちゃん、恐いって……）

これが本当に、優しくて穏やかで細やかな気遣いのできる、あのおばあちゃんと同じ人なのだろうか。

待てよ、と思い直した。自分はもしかして、どこかの時点で人違いをしたんじゃないのか？　交差点を渡った後か、店に入る前か、ボックスに入ったところか……そういえばまだ、ちゃんと顔を見ていない。

そうだ、きっと間違えたんだ。そんなことはあり得ないと、なかばわかっているくせに、健斗は無理やりそう思い込もうと自分に言い聞かせた。顔を確認してみるのだ。

そう思いついて、すぐに部屋を出た。恐る恐る向かいの部屋を覗こうとしたが、やはり顔は見えなかったので、受付へ向かった。あまりに早かったからか、受付の女の人が怪訝《けげん》そうな顔をしていたが、何も言わずに店の外へ出た。

道路を挟んだ斜め向かいにシブい喫茶店があった。〈純喫茶　木町〉と看板が出ていた店内へ入り、カラオケボックスの出入り口が見える窓際の席に座った。水を運んできたおじさんにナポリタンを注文した。

今日は走ったからか、やけに腹が減っていた。仙台へ来てからは小遣いをほとんど使っていなかったが、今日は出費が多いけれど仕方ないと割り切った。

店から一瞬でも目を離しちゃダメだ。自分にそう命じると、スマホを裏返しにしてテーブルに置いた。スマホをいじりはじめると止まらなくなるのだ。

ナポリタンが届いても、まだ誰も出てこなかった。ナポリタンを食べ終わっても、誰も出てこなかった。そろそろ間がもてなくなってきたと思ったそのとき、カラオケボックスの店のドアが開いた。

出てきた女の人は紫のサマーセーター、ベージュのズボンをはいていた。おばあちゃん……。

改めてショックを受けた。尾行なんてしなければよかったと後悔したが、もう遅かった。喉がカラカラに渇いているのに気づき、コップの水を飲み干した。健斗は立ち上がると、財布を取り出してレジへ向かった。尾行の目的はもう達成したというのに、好奇心からこんな行動をとってしまう自分が嫌になってくる。

店を出ると、反対側の歩道を歩くおばあちゃんがいた。まとまらない頭で考える。

おばあちゃんの中には、きっと白いおばあちゃんと黒いおばあちゃんがいるのだ。いつもの優しいほうは白いばあちゃんで、今日見てしまったのは黒いばあちゃん。そういうことなのかもしれない。うん、そうだ、そういうことにしよう。とても信じがたい出来事を前に、そこから逃げようとしていることが自分でもわかった。こういうの、なんていうんだっけ？　そうだ、現実逃避だ。

そんなどうでもいいことを考えているうちに、おばあちゃんの姿が突然、消えた。人通りは多くないし、ほんの三、四十メートル先を歩いていたのに、急にいなくなるなんておかしい。消えたあたりで周りを見回したが、やっぱりいない。

またどこかに入った？　そう考えた。ちょうど消えたあたりに入り口があった。低いビルの一階で、何の店なのかわからない。近づいて自動ドアの中を覗くと、パチンコ屋だった。

カラオケの後はパチンコって、マジか？　おばあちゃん、いったいどうしたというのだろうか。これじゃヤンキーだよ……。

未成年が入れないのはわかっていたけど、キャップを深くかぶり直し、意を決して店に足を踏み入れた。

人生初めてのパチンコ屋は、恐怖を感じるほどだった。店内に流れる大音量の音楽と、それに負けないぐらいのパチンコ台の騒音が、健斗の全身に襲いかかってきた。こんな空間はこれまで経験したことがない。

ずらりと並んだパチンコ台に、ずらりと人がへばりついている。知っている人にはごく普通なのだろうが、知らない者にとっては異様な光景だ。係の人の目になるべく触れないように、おばあちゃんを捜して歩いた。

パチンコ台の中に、いろんなマンガやアニメのキャラクターが描いてあることにも驚いた。中には健斗が見たことのあるものもあったが、そこに座っているのはほとんど中高年と言われるような人ばかりで、それも意外だった。

全員が台に向かっているので、斜め後ろからしか顔は見えなかったけど、ここでも紫色のセーターが目印になってすぐ見つかった。女の子が主人公のキャラクターの台だった。すると真っ赤なランプが点滅し、大きな警報みたいな音が鳴り響いた。

びっくりして健斗は思わず後ずさる。見ていると、しばらくクルクル回っていたランプが、不意に止まった。何かのチャンスが来て、でもダメだったらしいことは、パチンコは素人の健斗が見ていてもわかった。そして次の瞬間、驚愕の光景を目にした。

おばあちゃんが、握り拳をつくって台のへりを叩いたのだ。何か悪態をついているようだったけど、うるさ過ぎて聞こえなかった。

胸がドキドキした。またまた信じられない姿を目撃し、健斗は居たたまれなくなって店を出た。うろ覚えのバス停へ向かいながら、カラオケボックスで聞いたフレーズが耳によみがえってくる。

「あの大バカ野郎の、クソジジイが！」

クソジジイ……おばあちゃんの怒りの矛先は、もしかして、おじいちゃんにむけられているのか？　訳がわからなくなってきた頭で考えた。

人にはいろんな面がある。ひと口に性格と言うけど、性格なんて一つの言葉で括《くく》れるものじゃない。そんなことは、少なくとも頭では充分に理解していたつもりだった。保育園から小学校、中学校に通う中で、友だちや先生にも二面性どころか三面性があることもあると、自分なりにはわかっていたつもりだった。

でも、おばあちゃんだけは、そんなことはないとなぜか信じ切っていた。僕のおばあちゃんは僕のおばあちゃんで、裏も表もないと思っていた。正直に言えば、そんなことを考えたことさえなかった。

よく考えてみれば、おばあちゃんだって一人の人間なんだ、と思う。よく考えなくたって、そんなの当たり前のことなんだ。これまで見ていたのはおばあちゃんの、僕と同じ名字の佐久間条《くめ》という人の、ほんの一つの面に過ぎなかったのかもしれない。

人には、表もあれば裏もある。白もあれば黒もある。人間って、やっぱ不思議だ――。

そんなことを思いながら、地に足がつかない感じのままバス停へと向かった。

*

「おはよう。今日もパンでいい？」

遅く起きて、朝の十時を過ぎて下のダイニングへ入るとすぐに、おばあちゃんが訊いてきた。

「あ、うん。いつもと同じでいいよ」

「健ちゃんの好きな朝ごはん、もう覚えたから。食パンは厚めで二枚、目玉焼きの白身は縁がカリカリで黄身は半熟、でしょ？」

「さすがおばあちゃん。物覚えがいいね」

「物覚えいいわけないでしょう、もうこんな年なんだから。最初の日に聞いたこと、忘れないようにメモしておいただけだよ」

そう言って、何かの白い紙を小さく切ったメモを見ながら読み上げる。

「お腹が弱いから牛乳はぬるめに温めて、何でもいいから季節のフルーツを……まだ中学生なのに、旬の果物を朝ごはんでとろうなんて偉いよね。おじいちゃんにも見習わせたいものだわ」

そう言って外を見た。おばあちゃんたちは白いごはんに味噌汁という和食なのだが、健斗のためだけにパンの朝食を別に用意してくれていた。何だか悪いなとは思うけど、東京の家ではずっとそうだったから仕方ない。朝から白ごはんはムリだ。

テーブルに座って健斗は庭を眺めた。おじいちゃんは今日も庭木を切っていた。しばらくぼんやり見ていると、おばあちゃんが言った。

「朝ごはん、できたよ。お代わりできるから、いっぱい食べなさい」

テーブルにおいしそうな朝食が運ばれてくる。おばあちゃんの顔を見ると、満面の笑みである。自分で言うのも何だけど、孫がかわいくてしょうがないのだろう。よく「めんこいなぁ」と言ってくれるけど、この言葉の感じが好きだった。

腹がクークー鳴っていたのでパンにかじりつく。そして食べながら、おじいちゃんとの出来事を話して聞かせた。

最初に庭木を切ってダメ出しされた翌日、今度はおじいちゃんのほうから、もう一度切ってみないかと言われた。前の日のことがあったので、あまり気乗りはしなかったけど、せっかくの申し出を断るのも悪い気がして、渋々ハサミを受け取った。

どうせまた何か言われるだろうと、開き直ってあまり考えないで切ることにした。それでも、細い枝がサクサクと切れていく手応えは心地よかった。毎日のように手入れをするおじいちゃんの気持ちが、ちょっとだけわかった。

不思議なことに、おじいちゃんは二度目は何も言わずに黙っていた。切った枝がだいぶ溜まったので、地面に落ちた枝を拾い集めていると、チクリと痛みが走った。健斗が「痛っ」と小さく叫ぶと、後ろからおじいちゃんが近づいて来た。

「棘《とげ》を刺したな。きれいなバラには棘があるって言葉、知らないか?」

見ると枝に鋭い棘がびっしり生えていた。太く、しっかりした棘だった。指先から血がにじんだ。指を舐めながら、バラの花を見た。すごく深みのある赤で、少なくとも美術の時間に使う絵の具や色鉛筆にはない、微妙な色合いだった。真紅というのか、深い赤というのかよくわからないけど、ぞくりとさせられる色合いだ。ただの花なのに、どこか凄みがある――。

「そう、そんなことがあったの。少しは反省したのかな」

インスタントコーヒーを飲みながら、おばあちゃんが言った。少しの間、庭のほうを見てから、こうつづけた。

「昔、反省だけなら猿でもできるっていう言葉があったけど、おじいちゃんも時々は反省して、その後で行動をあらためてくれることもあるから……猿よりはマシなのかなぁ」

真顔でそんな一人言を呟くおばあちゃんに、健斗は思わず噴き出してしまった。

「猿よりマシって……」

「悪い人じゃないんだけど、基本的に自分にしか興味がない人だから。二人暮らしが長いと、そういうのって疲れてくる。でも、いま言ったように反省して変わってくれることもあるし。ほんとに時々だけどねぇ」

小さなため息をつく。

「人間、良いところもあれば嫌なところもある。それは私だって同じかもしれない。だから、どうにかこうにか連れ添っていられるのかな」

最後は自分に言い聞かせるような調子だった。おばあちゃんは飲み終えたコーヒーカップを持って、台所で手を動かしはじめた。その背中をぼんやり見る。まだすっかり目覚めきっていない頭に、おじいちゃんの言った言葉が浮かんだ。

（きれいなバラには棘がある、か……）

あのカラオケボックスの日以来、おばあちゃんとの接し方が変わったかと言えば、特別そんなこともなかった。もっと変に意識してしまうかと感じていたから自分でも意外だったのだけど、それまでと同じように話をして、笑い合って、一緒にご飯を食べていた。

ひとつ変化があったとすれば、それは健斗の心、内面だった。いつか図書館で借りた『ジキル博士とハイド氏』という本を思い出した。善人のジキル博士は、薬で悪人のハイド氏になっていたのだけど、最後にはジキル博士に戻れなくなってしまう。そんな物語だ。

まさか、おばあちゃんに限ってそんなことはないよなと思う一方で、何かがきっかけとなって黒バアちゃんだけになっちゃったらどうしよう、という漠然とした不安もあった。

「どうしたの、おいしくなかった？」

気がつくと食事の手が止まっていた。

「あ、ううん、おいしいよ。いつもと同じで」

「そう、だったらいいけど……何か考え事でもしてたの、心配事でもある？」

おばあちゃんの中のハイド氏が心配です。素直にそう言えれば楽だろうと思うけど、いくらなんでもそんなことは無理だ。

「こっちに来て十日過ぎたから、そろそろ家とお母さんが恋しくなったんじゃない」

健斗は苦笑して「まさか」と言った。東京の家と、仙台のこの祖父母の家と、どちらが居心地いいかと訊かれたら、間違いなく仙台と答えるだろう。とはいえもう小学生ではないから、これからもずっとここに住めるのかと言えば、それが無理なことは自分でもわかっている。うるさい両親がいないから、叱られることもないから、単に短期滞在先としては快適というだけのことなのだ。

それにしても面白いのは、この仙台の家を「おばあちゃん家」と自分で感じたり、東京の家の「お母さんが恋しい」とおばあちゃんが言うことだ。こっちにはおじいちゃんがいるし、東京には父親がいる。ましてや健斗の父親は、おばあちゃんの実の息子なのに。

どうして男はまるで、そこにいませんみたいな扱いをされるのだろうか。確かに中学校の健斗のクラスでも、活発なのは女子である。若くても年をとっていても、なぜ男の存在感は薄いのか……。

食べ終えた食器をシンクへ運んだ。家でいつも母親から言われているから習慣になっている。改めて並んで立ってみると、おばあちゃんの身長は健斗の肩ぐらいまでしかなかった。いつの間にか、すっかり追い越してしまっていた。

「あーぁ、いよいよ残り、あと四日かぁ。帰りたくないなぁ」

「そんなふうに健ちゃんが言ってくれるだけで、私としては嬉しいよ」

おばあちゃんの横顔を、こっそりと盗み見た。

目尻にしわが浮かび、笑い顔のかわいらしい穏やかそうなこのおばあちゃんと、カラオケボックスやパチンコ店にいた、あのおばあちゃんとが同じ人とはとても思えなかった。静かに混乱して整理しようのない感情が、健斗の中には未だにある。

それを無理やり名づけようとすれば、違和感というのが一番近いかもしれない。あの日の前までの自分と、あの日より後の自分。白バアと黒バアがいると、知ってしまった自分――。

「やっぱりおかしいよ。さっきから浮かない顔をしてるけど、本当に何かに悩んだりしてない？　話したいこととか相談したいこととかあれば、言ってちょうだいね」

ハッとして顔を見る。おばあちゃん、あなたのことで僕は悩んでます。あれこれ考えてしまって悶々としています。そう言えたなら、どんなに楽なことか。

ただそれで、健斗は少しだけ気が楽になるかもしれないが、その後ここで過ごす日々は、地獄のように気まずくなるだろうことも、よくわかっている。

「何でもないって、本当に。心配しないでよ」

「思春期の子が心配しないでって言うと、逆に心配になるのよ。徹が中学高校のときもそうだったから」

不意に父親の名前が出てきたので驚いた。そういえば父親の子どもの頃の話なんて、ほとんど知らないなと思う。

「うちのお父さんって、どんな子どもだったの」

「そうねえ、ひと言で言えば腕白小僧だったかなぁ」

意外だった。激しく意外だ。あのお父さんが、腕白？　腕白と聞くと、活発だったり悪さをしたりする子どもという印象だけど、健斗にとっての父親は、全然話が通じない堅物というイメージしかない。

「いまと全然違う。まるで想像できないよ」

「それはそうでしょう。子どもの頃のまま、そのまま大人になる人なんていないんじゃないのかね。いろんな経験をして、いろんな失敗をして、本当にたまに少しだけ成功して、そんなあれこれが、その人の中に入り混じってるんだもの」

「ふうん、大人になるって複雑だなぁ。僕にはよくわからないや」

おばあちゃんは、にっこりと笑って言った。

「まだわからなくていいんだよ。変にわかったつもりになった子どもなんて、子どもらしくないもの。ちょっとずつ、ちょっとずつ吸収して変わっていけば、絶対に健ちゃんも立派な大人になれるから」

テーブルに戻って牛乳を飲みながら、そうか、と唐突に気がついた。今度のことを経験して変わったのは、僕のほうなんだ。

人間の中には、良いところもあれば悪いところもある。マンガでもアニメでも、よくあるじゃないか。何か大事な決断をしようとするとき、その人の心の中で天使と悪魔が闘うシーンが。天使が勝つこともあれば、悪魔が勝つことだってある。

どんな人間の中にも、天使と悪魔が一緒に棲みついているということだ。

もちろん、僕という人間の中にも。たった十四年しか生きてないから、まだ悪魔が登場するチャンスはそれほど多くないかもしれないけど、でも多分、僕の中にも悪魔の赤ちゃんみたいな奴がいるに違いない。そして僕が成長するにつれて、悪魔の赤ちゃんも少しずつ大きくなっていくのかもしれない。

その大きくなった悪魔のほうを抑えきれなくなったある日、むしゃくしゃしてカラオケで罵声を飛ばしてみたり、パチンコ台を叩いたりしてしまうのかもしれなかった。

大人になった未来の自分のそんな姿を想像した途端、健斗はおかしくなって、飲みかけの牛乳を噴き出してしまった。

「あらあら大変、大丈夫?」

ふきんを手渡しながら、おばあちゃんが言う。

「浮かない顔したり、急に笑ったり……私、何かおかしいこと言った?」

「ごめんごめん、違うんだ。自分が大人になったときのこと考えてたら、急におかしくなってきてさ」

いったん笑いのツボに入ったら、止まらなくなった。笑いを必死にこらえようとしている健斗につられたのか、おばあちゃんも、ふふっと笑った。

「大人になった健ちゃんか、いいねぇ。私も早く見てみたい。あっ、お嫁さんが見つかったら、お母さんより先に教えてね。しっかりと見てあげるから」

そのときが来たとして、白バアと黒バア、いったいどちらのおばあちゃんが見てくれるのだろう?

＊

ついに東京へ帰る日が、やって来てしまった。

夏休みに一人で二週間、初めて祖父母の家で過ごした日々は、想像していた以上のものをもたらしてくれた。そんな気がしていた。

毎日四時間の勉強は、だいたいクリアできた。問題は時間じゃなくて中身なのだが、それはまあおいとくとして。

それ以外の時間は、予想していたより暇だったものの、初めて体験することも楽しい出来事も多かった。庭木を切るのも（おじいちゃんいわく）ちょっと上手になったし、家の近くの細い道をどこに出るのかもわからないまま散歩してみたり、バスで仙台の街中まで出かけて、あてもなくいろんな店を見て回った。

もし東京にいたら、と考えてみる。時間が空いたらゲームをして、それに飽きれば友達と連絡を取り合って会ったりして、暇を持て余すこと自体なかなかないはずだった。時間の隙間ができれば、無意識にそれを埋めるようプログラミングされているみたいに。

仙台駅のホームでリュックを背負い、東京行きの新幹線を健斗は待っている。少し離れた所には、おばあちゃんが立っていた。

ちらっと横を見ると、おばあちゃんはもう手にハンカチを持っていた。いつでも泣く準備は万端、って感じだ。健斗にとっては、これも不思議のひとつである。同じ家で何日か一緒に過ごして、それで帰っていく孫と別れるときには、必ずと言っていいほど泣く。おばあちゃんも、おじいちゃんも。

その証拠に、来たときはホームで待ってくれていたおじいちゃんは、今日は車で待機してると言って来なかった。駅の階段を上がりながら、泣くところを見られるのが恥ずかしいから来ないんだよと、おばあちゃんがそっと教えてくれた。

そうなんだろうな、と何となく健斗も察してはいた。これも女性と男性の違いなのかもしれない。そういうおばあちゃんだって、今日に限ってはやけに口数が少ない。

二人で黙ってじっと待っているのも、妙に気まずいものだ。そしてこんなときだというのに、頭にはあのカラオケボックスとパチンコ店での姿が浮かんでくるのだった。

やめろ、バカ。なんでこんなときに限って、あんなことを思い出すんだよ。もっと楽しいこととか、おいしかった食べ物のこととか、思い出に残っているいいことは他にいくつもあるじゃないか。

自分にそう言い聞かせれば言い聞かせるほど、なぜかあのときの光景が、さらに鮮明になっていく。

でも、自分でも理由はわかっていた。あれが、あまりに強烈なシーンだったからだ。頭の上のほうで流れているその映像を払い除けようとして、思わず両手で追い払った。

「どうしたの、虫でもいた？」

おばあちゃんが心配そうにこっちを見た。

「違うんだ。ちょっと頭に……」

言いかけて、口をつぐむ。

「頭が痛いの？　風邪ひかせちゃったかな」

違う違うと、慌てて否定する。こうなりゃ嘘でごまかすしかない。

「おばあちゃんたちともうすぐお別れかと思うと、ちょっとね」

そう言って顔を見たら、おばあちゃんの目の表面がみるみる膨らんできた。ヤバい、こりゃ泣くぞ。手に握りしめていたハンカチで目を押さえている。自分も泣かないとなんだか釣り合いがとれないような気もしたが、さすがに嘘泣きは無理だ。

もうこれ以上は間がもたないと思ったとき、ホームへ静かに新幹線が滑り込んでくる。どこか救われたような気持ちで、健斗は告げた。

「ねえおばあちゃん、ひとつお願いがあるんだけど」

泣いている真っ最中のおばあちゃんだったが、顔を上げてこっちを見た。

「僕が今度仙台に来たときは、健ちゃんじゃなくて、健斗って呼んでくれないかな。呼び捨てが嫌なら健斗くんでもいいんだけど」

びっくりしたような顔で見つめるおばあちゃんに向かって告げた。

「僕、ちょっとだけ大人になったから」

おばあちゃんは、にこりと笑って大きく二度うなずいた。

「少しは良い経験になったのかな。だったらいいんだけど」

うん、なった。すごく良い人生経験になったよ。

「わかった、次からはそう呼ぶことにするからね。忘れないようにメモに書いておかないと。それと、呼ぶ練習もしておかないと。だって、急にじゃ無理だもの」

健斗も笑って大きくうなずいた。新幹線に乗り込み、空いている席に座って窓越しにホームを見た。

おばあちゃんはもう泣いていなかった。いつもの優しくて柔らかな笑みを浮かべて、一生懸命に手を振っている。おばあちゃん、いまからそんなに振ってたら疲れるって。仙台駅での停車時間は長いんだからさ。

けれど、そんなものは無関係とばかりに、おばあちゃんは延々と手を振りつづけていた。

発車を知らせる音が鳴り、電車がそろりと動き出す。健斗も手を振り返した。最初は片手で、それから両手で、そして最後は、ちぎれそうな勢いで。

胸の中で呟く。

(たとえ、おばあちゃんの中に白バアと黒バアがいたとしても、僕はおばあちゃんが大好きだ

よ。ありがとう）

新幹線は一路、家族が待つ東京へと向かっていた。

握手して　孫の手大きく　感じられ

シニアチャレンジ

三船耕治　69歳

退職をしたら若手になりました

＊

その高齢男性が新人として入社してきたのは、五月二十八日のことだった。なぜ正確に憶えているかといえば、私、朝井梢《あさいこずえ》の誕生日だったからだ。年齢はヒミツだ。

今年七十歳になるという三船耕治《みふねこうじ》氏が、よりにもよって梢の同僚というか、部下のようなかたちで配属されてきたのである。梢の職場である男性誌編集部での、三船の最初の自己紹介は次のようなものだった。

「三船耕治と申します。ご覧の通りの高齢ではありますが、個人的な考えを述べさせていただければ、おやじと言うには老けておりますし、じいさんと言うには、まだ少し早いのではないかと思っております。ですので、できましたらこちらの職場では、オヤジーさんと呼んでいただけると幸いであります」

スべってる……そのままリンク一周しそうな勢いで、滑っている。

笑いは、もちろん一ミリも起こらなかった。しかし彼自身はウケると考えていた節があり、皆がしーんとする中、みるみる顔が強張《こわば》っていく。部屋が急に寒くなったのは、突然の猛暑で効き過ぎたエアコンのせいか、それともこのギャグのせいか。

採用が決まり、きっと何日も前からスピーチを練り上げてきたんだろうなと、パラパラとまばらな拍手を聞きながら梢は思った。そう考えればかわいそうなような、自業自得なような……。

とにかくこれが、〈シニアチャレンジ雇用制度〉で会社が初めて採用した三船さんとの出会いだった。なんていうか、まったくもう、散々だ。よりによって誕生日に。

スピーチの後、三船さんが梢の机のところへ来て言った。

「本日、私は何をすればいいのでありましょうか」

返答に窮した。シニアチャレンジ雇用で採用した高齢の新人を担当するよう上から命じられていたものの、何も考えていなかった。というか、考える余裕がなかった。

梢の会社は、東京の港区にある社員数二百人ほどの中堅出版社である。梢は男性向けのライフスタイル誌の編集部に所属しているが、その雑誌で過去に何度か、昭和の流行や文化に関する特集を組んだことがあった。

すると高齢男性の読者から反響が大きく、同時に読者対象とする三、四十代からも反響があったことから、若手部員の発案で〈昭和〉に焦点を絞った雑誌を、まずはＷｅｂマガジンの形態で創刊してみようということになった。

梢はその新Ｗｅｂマガジンに携わっており、〈ザ・昭和〉と銘打ってプロジェクトを立ち上げ、暫定的な編集長として創刊準備に日夜取り組んでいた。

その日も、なるべく早く決断しなければいけない案件を抱えていた。だから頭の中には、三船にしてもらう業務について考える隙間がない。

「あのー、えーとですね、それではとりあえず、自分の席に座っていていただけますでしょうか。後ほどお伝えしますので」

わかりました、そう答えて立ち去りかけた三船さんは、くるりと振り返って言った。意外にキレのある動きだった。

「僭越《せんえつ》ながら、お願いがございます。私は朝井さんの部下として配属されました。上司と部下という間柄に鑑《かんが》みますれば、部下に対して敬語は不自然かと存じますので、今後は命令のかたちでお願いできますでしょうか」

「命令というと？」

「席に座ってなさい、とかでしょうか」

そんな、飼い犬じゃないんだから……。ちょっと厄介な人だったら嫌だなとは思ったけれど、そのときは本当に急いでいたので、「了解です」と答えた。そして直後、「了解」と言い直した。うーん、めんどくさい。

*

翌日、昼過ぎに梢が出社してきたときには、三船は自席で背筋をぴんと伸ばして座っていた。編集者という仕事柄、そして比較的自由な社風もあって、時間の使い方はある程度個々の裁量に委ねられているところがあり、その時々で社員の出退勤時刻も変わる。

梢の姿を認めた三船がやって来て、昨日と同じ質問をした。その件に関しては実は何ひとつ考えていなかったので、仕方なくこう答えた。

「何をしてもらうか、じっくりと考えたいと思いますので、もう少しだけ時間をいただけますか」

彼はうなずいて、というより深々とお辞儀して席に戻りかけ、それから悲しげな表情で振り向いた。梢は昨日のことを思い出した。命令か……。

命令なんて、部下にしたこともない。「もう少し待っておれ」とでも言えばよかったのだろうか？　戦国武将か、鬼軍曹みたいに……そんなの嫌だ。

昭和をテーマとするＷｅｂマガジンは先行するものがいくつかあり、梢たちのプロジェクトでもどんなところに読者のニーズがあるかを探っている最中だった。創刊号の中身はすでに動いていたが、それにつづく第二弾以降の内容は詰めているものの、最終決定には至っていない。

現時点での仕事が予断を許さない状況なのに、新人を、しかも高齢の新人さんを手取り足取り指導しているような時間も、心の余裕もない。

と、窮余《きゅうよ》の策が閃いた。

「片岡《かたおか》さん、ちょっといいかな」

梢は、一つ離れた席でパソコンを睨んでいる部下の片岡に声をかけた。

「なんすか」

「ちょっと打ち合わせしたいんだけど」

「〈ザ・昭和〉の件ですか」

「いや、そうじゃないんだけど」

三船のようすを確認すると、こちらをチラ見していた。早く指示を出してくれ！　という心の叫びが聞こえてきそうだった。

「お願い、十分で終わらせるから」

なかなか席を立とうとしない片岡を促して、自販機コーナーへ向かった。他部署間のコミュニケーションをもっと図ろうとの触れ込みで数年前に設置されたコーナーで、椅子やテーブルはなく、立ったまま話ができるカウンターのようなものが壁際に設置されてあるだけだ。

梢はカフェラテ、片岡はペプシコーラである。ごくごくと喉を鳴らして一気に半分ほど飲んでから、片岡が言った。

「で、なんです？」

片岡保《たもつ》は入社五、六年になる無愛想な部下だが、仕事はできるし機転が利く。何かいいアイディアをひねり出してくれるかもしれなかった。

「新しく入った三船さんのことなんだけど、彼にやってもらえそうな仕事って、何かないかな」

「三船さん……ああ、チャレンジ雇用の。オヤジーさんと呼んでくれとか言ってた」

梢がうなずくと、片岡はクックックッと笑った。

「あれ、一周回ってウケましたよ、僕。ホンダの本田宗一郎じゃあるまいし、オヤジーってなんだよ」

まだ笑いを噛み殺している。梢は真剣になってもらおうと、わざと眉根にしわを寄せて告げた。

「部長から任されて、私も困ってるんだ。だって自分の親というか、下手すれば祖父に近いぐらいの年齢の人だもん。そんな人に私から指示して働いてもらうなんて、気が重いよ」

精神的窮状を伝えるため、盛大に溜め息をついてみせた。片岡は、うんうんという調子でうなずいている。

「しかも、出版関係の仕事はまるで未経験だっていうじゃない。即戦力どころか、その正反対の……即戦力の真逆ってなんだろう」

「さあ。戦力外、とか?」

片岡も、いまいち気が乗らない感じである。自販機コーナーに他には人がいないのをいいことに、梢は小声でチャレンジ雇用への批判を展開する。

世界的に見ても極端な超高齢化社会に突入している日本において、若年労働力人口が将来的にも激減していくなか、企業も社会の公器である以上、働く意欲と能力がある高齢者の再雇用の受け皿として、その一翼を担うべき、とかなんとか……。

「だったらさぁ、入社した後に何をしてもらうのか、そこまで考えてから雇ってほしいもんだよね」

片岡は、うなずくものの何も言わない。

「何かいい案、ないかなぁ。やってもらえる仕事」

仰々しく腕組みをして、片岡は口をへの字に曲げた。あんまり期待はできないけど、ちょっとだけ期待しよう。自分にそう言い聞かせてカフェラテを飲みながら、しばし待つ。

「チーン!」

片岡が自分で言った。一休さんのアニメが好きだったらしい。玉石混淆《ぎょくせきこんこう》ではあるものの、アイディアが浮かんだときの彼の口癖だ。

「おっ、何か思いついたね」

「とりあえずってことで、発送業務をやってもらったらどうでしょう。あくまで、ちゃんとした業務が決まるまでの、つなぎってことで。これまで発送の仕事はバイトの人に任せてましたけど、ちょうど少し前に欠員が出て、人手が足りなくて困ってるって聞きましたよ」

なるほど、と思った。

「僕らも入社後は、出版の仕事が肌でわかるようにいろんな部署を経験させられましたけど、発送は実物の本というものの良さも実感できるし、梱包《こんぽう》してると没入できるし、個人的には嫌いじゃなかったです」

さらに、なるほど、と思った。

「確かに、いいかもしれない。梱包作業をすることで、一冊一冊の本を大切にする意識も湧いてくるだろうし。ひと口に本って言うけど、実はこんなにバリエーション豊かなものなんだって感じられるしね」

「三船さんって根が真面目そうだし、言われたことはコツコツ律儀にやりそうな感じじゃないですか」

「うん。それをやってもらってる間に、三船さんに何してもらえばいいか考える時間も稼げそう。やっぱり相談してよかった」

意を汲んでくれたと感じたらしく、片岡は小さく親指を立ててみせた。梢は部下と話すとき、なるべく最後に前向きな言葉をかけるようにしている。ホメて伸ばす、それは子どもでも大人でも一緒だと思うし、何より自分がそうだったから。

もちろん上司としての心得でもあるわけだけど、そのほうが結果的には、いろんな面でスムーズに進みやすいからでもある。ありがと、と軽く頭を下げてから席に戻った。

発送の担当部長は梢の元上司なので、早速電話していまの内容を簡潔に伝え相手の意向を確かめた。片岡が言った通り、人手不足で困っているので助かるとのことだった。小さくガッツポーズをつくり、梢は電話を切った。

机に戻って三船さんを見ると、隣の席の相沢《あいざわ》と話している。

「なんの話？」

相沢が、ばつが悪そうに苦笑して答える。

「すみません、俺が話しかけたんですよ。三船さんが仕立ての良さそうなスーツ着てたので、これオーダーメイドなんですかって」

「いや、悪いのは私です。業務時間中なのに私語とは、申し訳ありませんでした」

梢は二人を両手で制した。

「別に咎《とが》めてるわけじゃないの。うちの会社は業務中の会話は全然ＯＫだから。確かに三船さんのスーツ、シブくていいよね」

つい嘘をついた。三船さんが着ているものなんて目に入っていなかった。嘘も方便は、社会人になれば結構重要な諺でもある。ようは仕事をスムーズに回し、部署の利益、延《ひ》いては会社の利益に貢献できれば、それが一番だからだ。

ただ嘘は、心の奥にちょっとずつ澱《おり》のようなものを溜め込んでしまう習性がある。だから、あまり気軽に使いすぎないように注意しないといけない。そのうち辻褄が合わなくなるおそれがあるし、何より自分の気持ちの健康のためにも決して良くはない。慣れてしまうのは禁物だ。

さらに現在、梢はプライベートでも難題を抱えていて……いや、業務中だ、頭の中でこんな独白をしている場合ではなかった。

気づけば相沢と三船が見ている。

「ごめんごめん、ちょっと三船さんに話があって」

さっき片岡と話した内容を三船に伝えた。出版社にとって発送は重要な業務の一つで、相手が会社であれ個人であれ、初めて梱包を解くときのワクワクを届けられる大切な仕事なのだ、とつけ加えた。

じっと聞いていた三船は、最後に一度だけうなずいて言った。

「承知いたしました。喜んで発送業務をやらせていただきます」

お願いしますと答えて席に戻った。やはり年長者と話すのは、少し緊張する。ふだんの、なってない喋り方を密《ひそ》かにチェックされているかも、とつい考えてしまう。

とはいえ、いつまでも発送だけというわけにもいかないから、なるべく早いうちに正式な仕事を考えておかなくちゃな、と思った。未経験の人に任せられる出版社の仕事って、どんなことがあるだろう。

肩に、再び小さな重荷が載った気がした。

*

数日後のある日、梢の少しあとに出社してきた相沢が告げた。

「三船さんが社員用出入口のところで、なんか警備の人と揉めてましたけど、大丈夫ですかね」

「警備員さんと？」

急いでエレベーターで降りてみると、確かに警備員と三船が話していた。ただ、揉めているという感じではない。

「あの、どうしたんでしょうか」

警備員さんが軽く会釈してから説明した。

「この方なんですが、ビルに入る許可が出ないんです。何度試してもらってもエラーが出てしまって……」

梢が勤務しているこのビルでは、社員たちの出入りに指紋認証が導入されていた。

「最初に出社して以降、昨日までは毎日問題なく通過できていたのですが」

困ったような顔で三船が言うので、確認のために訊いた。

「認証に使う指は間違いないんですよね」

「はい。入社したときと同じ、人差し指です」

三船が人差し指を出して、小さなディスプレイに置いた。軽めの警告音が鳴り、画面に〈ｅｒｒｏｒ〉と赤い表示が出た。こんな画面、初めて見たなと梢は思った。ほとほと困ったというように警備員が言った。

「いやぁ、たまにエラーが起こることはあるんですけどね、何度か試してもらえば大体ＯＫになるんです。でも今回だけは、どうしてもそうならなくて」

聞けば、ちょうどビルに出社してくる人たちのピークと重なってしまい、二、三度試しては他の人に譲るということをしているうちに、すっかり時間が経ってしまったという。

「こういう場合、警備マニュアルではどう対処することになってるんでしょうか」

梢が尋ねると、警備員はまた眉間にしわを寄せた。

「基本的にはビル内には入っていただけない、ということになります。その方の社員証などで確認させてもらった上で、新たに指紋を取っていただいて、それを前の指紋データに上書きすることになるかと思いますが」

そこで、三船が自分の指をまじまじと見つめているのに気づいた。彼は顔を上げて、梢と警備員とを交互に見て言った。

「もしかすると、指紋が消えかけているかもしれません。少々お待ちください」

クラシックな雰囲気の革鞄《かわかばん》から、眼鏡ケースを取り出す。

そして自分の人差し指をじっと見つめてから、こう言った。

「やはり思ったとおりです。自分の指紋など見ることがなかったので、いままで気づきませんでしたが、指紋が消えかけているようです」

人差し指を二人の目の前に向けて見せた。梢と警備員は顔を近づけた。

びっくりした。本当に指先がツルツルのように見える。よくよく見れば、うっすらと指紋の渦巻きらしきものがあるといえばあるのだけど、溝はほとんど消えかけていて、ただの平らな皮膚のようでもある。

梢は試しに自分の人差し指を見た。人差し指には流れるような、中指には渦巻き状の指紋が、くっきりと溝まで確認できる。

「こんなことって、あるんだなぁ」

警備員が感嘆したような調子で呟いた。

結局、自社社員で間違いないとの梢の言葉をもとに、三船は社員証を提示し、それを確認してもらった上で、認証用の指紋データを新たに読み取ってもらうことになった。

梢が席に戻った頃には、出社してから三十分以上が経過していた。少し遅れて三船がやってきて、梢のところへ来て、深々と頭を下げて「申し訳ありませんでした」と言った。梢は手を振って言った。

「あれは別に三船さんが悪かったわけじゃありませんから、そんな、頭なんて下げないでください」

「いえ、私のせいです。何度かエラーが出たときは、もしや認証システムの不具合ではなかろうかと、そんな邪なことまで考えてしまいました。そんな自分が情けないです。この度のことは、指紋が消えかけていることに自分で気づかずにいた、私の落ち度です」

「落ち度というか……」

老化じゃないか？　思わず口に出しそうになったが、すんでのところで飲み込んだ。

「これで、はっきりいたしました。私はもう、指紋さえ摩耗するほど高齢なのだ、ということであります。それを念頭に置きまして、今後もろもろのこと気をつけるようにいたします」

もう一度、申し訳ありませんでしたと言い置いて、三船さんは発送の仕事へと向かって行った。

昼の時間をかなり過ぎてから、梢はビル内の、社員もよく利用するフードコートで昼食をとることにした。いつもは出先で食べたり、忙しいときは買ってきたパンなどで済ますことが多いので、ここで食べるのは久しぶりだった。

エビとブロッコリーのクリームソースのスパゲティに、温サラダを付けた。トレイを窓際まで運んで食べはじめてすぐ、一つ離れた席にいる二人の社員とおぼしき男女が、噂話で盛り上がっているのに気づいた。食事をとりながら耳を澄ませてみる。

「指紋認証システムをパニックに陥れた指とは、スゲェよな」

妙なところで感心している。どうやら三船さんの話題らしい。朝の出来事が昼には話題にのぼる、噂話というものの伝播《でんぱ》スピードに驚かされる。

「喋り方も独特で面白いですよね。何とかであります！　とか。ケロロ軍曹みたい」

小さな笑い声が上がった。なるほどね、と梢も思う。

「または、横井庄一《よこいしょういち》さんとか」

「誰ですか、それ」

「戦争が終わってからも、何十年もジャングルに潜んで暮らしてた人」

「戦争って、なんの戦争？」

「第二次世界大戦に決まってるだろ。あれ以来、戦争なんて起きてないんだから」

有史以来、戦争は、いつも世界のどこかで起きてるよ。そんな無言のツッコミを入れながら、梢は窓の外を見た。

林立しているビル群を抜けたはるか先に、ほんの少しだけ海が見える。ここからの景色が好きだった。海にほど近かった母の実家を思い出した。夏休みにはよく遊びに行ったっけ。

その実家で祖父は、新聞のページをめくるたびに、指先を舐めていた。何だか汚いなぁと子ども心に感じていたものだが、あれも指紋がすり減ったり、指先が乾燥したりしていたせいだったのだろうか。

シニアチャレンジ雇用制度か、と改めて考える。さっきの出来事で、年をとるということの意味を考えさせられた。

たまに会う両親も、膝や肩が痛いとよく言っている。けれども、そういうわかりやすい加齢にとどまらず、もっとわかりにくいさまざまな現象が、年をとることで起こってくるのだろう。自分でさえ気づいていなかった、三船さんのような。

顔認証や目の虹彩認証など、生体認証の方法はいくつかあるけど、考えてみれば自分の指紋は、指紋認証で同一人物であることの証明にもなるくらいなのだ。つまり、その人の存在証明の一つと言っていいほど重要なもののはずではないか。なのに、その存在証明そのものが、少しずつ消滅に近づいていくなんて。それって、つまり、一歩ずつ……。

ダメだダメだ。近頃は忙し過ぎてちょっと頭に隙間ができると、そこへネガティブな感情がするりと滑り込んできたがる。

コーヒーを飲もうか迷ったが、早く仕事に戻ったほうがいいと思い直し、梢はトレイを戻して編集部へ向かった。

*

数日後、発送業務の担当部長から梢にクレームの電話が入った。三船さんのことだった。

「困るんだよなぁ、あの人」

「えっ、何かミスでもやらかしました？」

「ミスかと問われれば、ミスではない。梱包はていねいだし、まるで精密機械みたいにきれいにやってくれるから助かってはいるんだが、何しろ作業が遅いんだ。慎重にやり過ぎて、何度も包み直したりして、発送の予定がどんどん押してきちゃって、配送トラックが集荷に来てもできてないとか、その日に送る予定が翌日にずれ込むってことが何回かあってさ。ほら、いま物流って大変だろ？」

彼は叱責していると受け取られないように、やんわりと梱包や発送のスピードを上げるよう伝えた。すると三船なりに反省してスピードアップはしているらしいのだが、いかんせん年が年だからか、ほとんど以前と変わらないのだという。

「例えば著者献本なんかだと、まあ一日二日遅くなっても大勢に影響はないと思うんだけど、送り先によっては冊数も多くなるし、向こうもスケジュールに組み込んじゃってるから、一日遅れでも大ごとになるんだよ」

「それはそうです。うーん、困ったな」

「三船さん、そっちで引き取ってくれない？　もともと編集部付けってことで配属された人なんだしさ」

相手は別部署で元上司だった人なので、あまり強く反論もできなかった。かといって、こちらに来てもらったとしても、まだ何をしてもらうのか、まるで考えていなかった。梢がもう一度、「困ったなぁ」と呟くと向こうも察してくれたのか、こんなことを言った。

「まあ、すぐのすぐじゃなくていいから、今週中くらいには次に何をしてもらうか考えておいてよ」

了解しましたと答えて電話を切った。つい、ため息がもれた。たらい回し、という言葉が頭にちらつく。お荷物、という言葉も明滅する。これじゃあ、いったい何のためのシニアチャレンジ雇用なんだろう？　改めて、根本的な疑問が浮かんだ。

翌週から、編集部へ三船が戻ってきた。正確には、戻されてきた、だろうか。

梢は頭が痛かった。少し離れた席から三船が、すがりつくような目で時折こちらをチラチラ見ているのがわかる。打ち捨てられた仔犬みたいな目で。仔犬は若いけど、三船は年なのだが。

やってもらえそうな仕事が思い浮かばず、居たたまれない気持ちを抱えたまま仕事に没頭しようと努めた。私ってば、ほんとダメ上司だなぁと自分を責めながら。

翌日から彼は、自分の机まわりの掃除をはじめた。その次の日からは、編集部の部屋の隅に山積みとなったままの本や資料の整頓をはじめた。何も命じられないので自発的に仕事を探したらしい。

よく使われる資料であれば、ある程度わかっている者が整理する必要もあるが、ほぼ使い道のないものばかりである。いつもなら年末の大掃除で処分されるものばかりだ。やがて部内の者たちも時々、三船に声をかけて雑談するようになった。

腕まくりで嬉々《きき》として立ち働く姿に、少しだけ気持ちが軽くなった。梢の数少ない憩いの場である自販機コーナーへ向かうと、片岡がいた。

「サボってるの?」

冗談半分でそう言うと、片岡は苦笑いして答えた。

「まあ、そんなとこです。三船さん、とうとう整理整頓はじめちゃいましたね」

「上司が何も命令してくれないから、業を煮やしたんでしょう」

「僕、三船さんにやってもらえそうな業務を考えついたんですけど」

彼はペプシコーラをひと口飲んで、つづけた。

「〈ザ・昭和〉用の素材集めとして、昭和に関するリサーチをしてもらったらどうでしょうか」

頭に一瞬、空白ができた。空いた部分にあまりにピタリとはまるピースだったせいで、しばし思考停止に陥ったらしかった。

「……ダメですか？」

「ダメじゃない、ダメじゃない！」

大げさに両手を振って否定する。

「そうか、そうだよね。昭和の時代を生きた人に、昭和のことを調べてもらう、それが一番いいよ。どうして私、いままで気づかなかったんだろう」

膝を打つとは、まさにこのことだった。

「相沢から聞いたんですけど、席が隣というのもあって三船さんとちょくちょく話すみたいなんです。で、たまたま昭和の話題を持ち出したら、三船さんがけっこう物知りというか、昭和トリビア的な知識がポンポン飛び出してくるって感心してて、それで思いついたんです」

「へぇ、そうなんだ。創刊号の特集って確か、一九七〇年から八〇年代のことを取り上げるんだったよね。その頃、三船さんって何歳ぐらいだったのかな」

片岡は上を見るようにして即座に逆算した。

「十代後半から二十代くらい、ですかね」

「ドンピシャじゃない！　青春時代の真っ只中の、ど真ん中だ。善は急げで、戻ったらすぐにでも三船さんに話してみる」

「なんか朝井さん、言い回しまで昭和っぽくなってきましたね」

とっても助かったと梢が告げると、片岡は軽くうなずいてコーラのボトルを回収箱に投げ入れ、出て行った。


編集部に戻り、早速三船に声をかけた。やってもらいたい業務があると告げると、彼は輝くような笑みを浮かべた。目元に刻まれた深いしわが、この日を待っていたのだと物語っていた。こんなに嬉しそうな表情、初めて見た気がする。

小さなミーティングルームへ入り、斜めに向かい合うと梢は切り出した。

「リサーチをお任せしたいんです。昭和に関する、いろいろな素材の」

編集部で発行している男性誌からスピンオフした、Ｗｅｂマガジンの創刊を準備していて、その素材集めと構成をしている真っ最中なのだと、現状を伝えた。

「スピンオフとは何でしょうか？」

そうか、そこからか。

「ごめんなさい、わかりにくい言葉を使って」

そこでさらに、雑誌で昭和特集を組むとシニア世代だけでなく、若い世代からの反響も大きかったため、そこから派生するかたちで、まずはインターネット上の雑誌を創刊する準備を進めている、と背景を加えて説明した。

「なるほど、概略は承知いたしました。ところで、リサーチ業務というものは経験したことがないのですけれど、私のような素人でも大丈夫なものでしょうか」

「三船さんの前職というか、以前してらっしゃったのは、どういう関係のお仕事だったんですか？」

「技術職です。主に車の部品関連の設計等を行なっておりました」

「技術者だったんですか。それじゃ確かに、かなり畑違いですね。リサーチも本格的にやろうとすれば、それなりに専門性は必要になりますが、今回はあくまで素材集めという感じなので、三船さんのやりやすい方法で、まずは気楽に取り組んでみてもらえないでしょうか」

三船の表情が曇った。何かおかしなことを言っただろうか。

「その、気楽に仕事に取り組むということができない性分なのです。女房からもよく、もっと肩の力を抜くようにと言われたものでした」

でした……過去形？　もしや、アンタッチャブルな話題？

「それでは、その取り組む姿勢も含めてお任せします。ただ、昭和全般となるとあまりに範囲が広すぎるでしょうから、当面は三船さんが個人的に興味のあること、または若い頃に関心があったものを入口にしてもらうと、仕事が進めやすいんじゃないかと思います」

「わかりました。私自身の興味や関心が、どれほどの普遍性を持つものかはわかりかねますが、そのようなご用命であれば、よろこんで取り組ませていただきます」

「実はこの件、片岡さんからの提案だったんです。三船さんに昭和についてリサーチしてもらったら、打ってつけじゃないかということで。創刊号はすでに内容も固まって進行中ですから、第二弾以降で使用する素材集めということで。不明な点があれば、その都度訊いてもらえればと思います」

とりあえずこれで、三船さんにやってもらえそうな仕事は用意できた。本音を言えば、そのことで安堵していて、リサーチの成果自体にはさほど期待していなかった。もうずいぶん前から、片岡と相沢、営業部の新人女性の田宮佳奈《たみやかな》とで下調べは進めていたからだ。

三船は深々と頭を下げて言った。

「ありがとうございました。これでようやく、編集部の一員としての業務に携われることとなり、光栄至極であります」

「私としても嬉しいです、やっと三船さんにお願いできる仕事ができて」

「つきましては、正式に命令していただけますでしょうか」

「命令？」

そうだった、すっかり忘れていた。上司から部下への命令か……。梢が立ち上がると、三船も即座に立ち上がった。

しょうがない、ここは自分の限界メーターを、思い切って振り切っちゃおう。

「ここに、〈ザ・昭和〉リサーチ任務を与える！」

「拝命いたします！」

なぜか二人とも最敬礼だった。任務ってなんだ、これじゃ軍隊だ。梢は自分にそう突っ込んで苦笑いしたが、三船はあくまで真顔だった。

*

いまの私って、幸せなんだろうか。

梢は時々そんな自問をすることがあるが、自答はない。それなりの規模の出版社に勤めていて、この年齢で……もちろん年はヒミツだけど、責任ある立場にもなった。仕事を任せてくれる上司がいて、有能な後輩もいて、社内の雰囲気も自由闊達で、仕事はこれまでのところ概《おおむ》ね順調だった。

プライベートでも、何年かつき合っている恋人がいるし、趣味もいくつか持っているし、休暇がとれれば好きな温泉や海外旅行にだって出かけられるし、まずまず幸せなほうなんじゃないだろうか。はたから見れば。

だったらなぜ、こんなに気分がすぐれないのだろう？　外で食事しようと会社を出て、何度か入ったことのある店に入り、サンドイッチと焦がしオニオンスープのランチの後、コーヒーを飲みながらボーッとそんなことを考えている。

実は、自分でもわかっている。なるべく見ないふりをしている悩みの種が、少し前から頭の片隅を占拠しているからだ。

恋人から、結婚しないか、と言われていた。数ヵ月前のことだ。「結婚しよう」であれば、向こうからの一方的な申し込みといえる。でも、「結婚しないか」というのは、決定の半分をこちらに委ねているような投げ掛けととれなくもなく、やや自信なげにも思える。何より決定権のボールが、梢の側に渡されてしまっているような気もしてくる。

相手の大原一志《おおはらかずし》は、大手の通信会社に営業として勤務している。梢が物事を理詰めで考えたがるのに対し、彼は体育会の気合いと根性論が好きだ。以前は週に一度程度は会えていたけれど、梢がWebマガジン創刊に関わってからは、月に一、二度ほどしか会えなくなっていた。

休日は一緒だが、特に梢はいまの仕事に携わるようになって以来、家に仕事を持ち帰りがちである。一方、アウトドア派の一志はキャンプも好きで、その点ではプライベートが別々でも構わないのだが、問題のひとつは、彼が子ども好きを公言している点にある。

男性の自己申告による「子ども好き」ほど信用ならないものはない。そもそも梢は、子どもが苦手だ。夜泣きもするし、うんちもするし、電車やバスで急にぐずって泣き出すことだってある。お風呂に入れるのだって一苦労のはずだ。

仲の良い従姉からそんな話を散々聞かされているから、子を持つことには一大決心が必要だと知っている。一緒に遊ぶことなど、育児全般から見ればほんのごく一握りにすぎないということを、世の男たちは、まるでわかっていない。

改めて考えれば二人はいろいろな意味で対照的だ。自分にないものがあるところは魅力だと感じるが、夫婦としてやっていくにはそのほうがいいのか、それとも似た者同士がいいのか。

こんなことを、ぐだぐだ考えているのは、ある言葉が気にかかっているからだった。

【恋は人を盲目にするが、結婚は視力を戻してくれる】

ドイツの科学者リヒテンベルクの警句というか、箴言《しんげん》である。結婚の話が出て少しした頃、この言葉が不意に脳裏に浮かんできて、こう考えてしまった。

(視力が戻ったとして、私、どうなっちゃうんだろ?)

それは自分に対しての疑問、というよりは、どこか恐れにも似た感情だった。万物は変化していく。時代も人も、ゆく河の流れも絶えずして変わっていく。そして、私自身も。それはわかっている。

ただ、もし結婚したとして望ましいほうに変わるのか、それとも結婚がきっかけで好ましくないほうへと変わってしまうのか。これまで経験がないから先なんか見通せないし、わからない。

だから、恐い。

自分としては、もっともっとキャリアを積んでいきたいと切望している。やっと手にした編集という仕事とこの会社で、やれそうなことはまだまだたくさんある。そんな気がしている。何より仕事が面白い。

雑誌の特集テーマを決め、ライターと一緒に取材して、カメラマンやイラストレーターにビジュアルを発注し、最終的にページをまとめ上げる。その一方で、営業部とともに販売戦術を組み立て、販促ツールに気を配り、書店で手にとってもらいやすいものを目指す——。

本、書籍、雑誌、なんと呼んでもいいが、文字を読むのが好きな人間にとって編集、そして出版という仕事は、面白すぎて、愉しすぎて、やり甲斐《がい》がありすぎる。寝食を忘れてと言うが、まさにそういう人間を、即座に何人も挙げることができるほどだ。

結婚したとして、いったいどんなことが、どんなふうに変わっていくのか。仕事に支障は出ないだろうか。生活の中でも、自分だけのプライベートな時間と空間は確保できるのか。そして……。

うじうじと堂々巡りをしていることにうんざりしてきて、梢は席を立った。すぐ会社に戻るのではなく、近くの広い公園で気晴らししてからにしよう。


夕方、相沢に声をかけられるまで、そのことはすっかり忘れていた。三船さんの歓迎会が今日だったのだ。

「ごめん、私はちょっと……」

「忙しいから欠席、というのは無しでお願いします。各人それぞれ忙しいのは変わらないですし、うちの部署の責任者である朝井さんが出なくちゃ、意味ないじゃないですか」

「意味なくはないと思うけど、そうか、うーん、どうしようかなぁ」

「どうしようかとかじゃなくて、立場を問わず全員出席なんですって。そもそも僕を幹事に指名したのも朝井さんですし、予約は二時間とってますけど、どうせみんな出たり入ったりで、最初から最後まで全員が一堂に揃う、なんてことはあり得ないんですから。お願いしましたからね」

梢は小さくため息をつく。仕事のほうは都合をつける気になれば、つけられなくはない。ただ気分が乗らなかった。例の話が二日酔いの胃もたれのように、どんよりとお腹の辺りで固まっている。

答えがどうであれ、いつまでも返事を先延ばしにしているわけにもいかない。こんなに気が重いのに、とても楽しく飲食できるような気分ではなかった。

*

「……それでは、カンパーイ！」

相沢に無理やり振られて、梢は冒頭の短い挨拶をさせられた。乾杯の声だけは精一杯元気をよそおったけれど、すでにもう、ぐったりだった。

会社からほど近い、気楽に飲めるイタリアンの店だった。シニアの三船が主役なので和食でいいかと相沢が確認したところ、皆さんがいつも利用しているような店がいいと、本人からの要望があった。

フレンチは人によって好みが分かれるし、東南アジア系は辛い料理も多く高齢者にはつらいのでは？　と、比較的好き嫌いの少ないイタリアンにしたらしい。

昨今流行りのジビエを提供している店だそうで、鹿肉の炭火ローストが絶品なのだと相沢は紹介した。梢も以前から興味はあったものの、鹿のジビエは未食だったので、その点に関しては楽しみだった。

参加者は編集部内の十人だったが、相沢の読み通り、会のはじまりに席に着いていたのは七人で、みんな三々五々来たり帰ったりする感じだった。

三船はといえば、テーブルをはさんで梢の反対側にしゃっちょこばって座り、次々とワインを注ぎにくる部員たちへ、いちいちていねいに頭を下げている。律儀な人だなぁと、梢は微笑ましく眺めていた。

初めての野生の鹿肉は、想像していたものとまるで違っていた。宮城の牡鹿《おしか》半島産だというが、まるで臭みがないだけでなく、肉の旨味と嚙み応えがこれまで経験したことがないほどで、バルサミコソースの官能的な香りと相まって極上の味わいだった。今度一志と来てみようかな、とさえ思った。

時間の経過とともに、二人来ては、三人が会社へ戻り、さらに一人来たかと思えば、また二人会社へ行き、という感じで結局最後まで十人全員が揃うことはなかった。しかし歓送迎会ではこれがごく当たり前の風景なので、別段気にする者もいなかった。

会の終わりに相沢が締めの言葉を述べて、散会となった。店を出た梢は迷っていた。会社に戻れば、やるべき仕事は残っている。いつもならば、そうしているはずだった。

ただ今夜は踏ん切りがつかなかった。和やかな歓迎会で、料理もお酒もおいしかったものの、どこか酔えない部分があった。この状態で会社に戻ったところで、サクサク仕事が進むとも思えなかった。

ようは、気分が乗らないのだ。今夜はまっすぐ帰ろう。

そう決めて駅に向かいかけたとき、後ろから声をかけられた。

「すみません、朝井さん。よろしいですか」

振り返ると三船がいた。直立不動という感じで立っていて、とてもお酒を飲んだ直後とは思えなかった。はい、と答えると近づいて来る。

「もしお時間が許すのであれば、ですが、一杯だけお付き合いいただけないでしょうか。少々ご相談したいことがありまして」

仕事のことだろうと梢は察した。遥かに年上だけれど、彼は自分の部下である。相談と言われて、むげに断るわけにもいかなかった。あまり酔っていなかったこともあり、もう一、二杯なら大丈夫かなと考えて付き合うことにした。

三船に連れて行かれたのは小体な料理屋で、前の会社員時代に時々来ていたという。仕事柄、打ち合わせを兼ねて執筆者と飲むことも多いが、年配の人はこういう店を好みがちで、肩肘張らなくて落ち着けるので梢も決して嫌いではなかった。

隅に設けられた小上がりに腰を落ち着け、店内を見回してみる。調度は古く質素だけど、どれもこれも掃除が行き届いて清潔そうな店だった。

二人ともお腹はいっぱいだったので、日本酒と小鉢の肴とお新香にした。洋物の料理の後は、やはりこういうものが食べたくなる。

おしぼりで手を拭いていると、三船が言った。

「これは自分の短所だと承知はしておりますが、どうも会社の皆さんがいるところで質問するのが苦手でして。実は昭和のリサーチ業務についてなのですが、取りかかろうとすると具体的にどうやればいいのか、勝手がわからんのです。どう進めていけばいいのか、さっぱり考えつきません。いい年をして情けないことですが」

梢は考えた。そうか、昭和を生きた人たちにとって、昭和は長すぎるのだ。そして自分の致命的なミスに気がついた。

「この間、年代を区切って頼むのを忘れていたかもしれません。創刊号では一九七〇年から八〇年代を扱うことになっていて、第二弾以降もしばらくはその時代を中心に紹介していく予定なんです。すみませんでした！」

三船が真顔で考えている。怒ったのかとも思ったが、指を折って何か数えているところを見ると、自分の年とその時代とを照らし合わせているらしい。

「なるほど。七、八〇年代というと、私がまだ十代から二十代の頃になりますか。いやはや、これは大分さかのぼらないといけませんなぁ」

「ごめんなさい、大事なことを伝え忘れてしまって」

いえいえ、というように手を振る。

「最近では物忘れも多くなってきておりますけれど、自分でも不思議ですが、若かりし時分の出来事というのは、存外にはっきりと憶えていることも多いのです。脳みそのほうも若々しかった分、記憶も深いところに刻まれているのかもしれませんが。そうか、七、八〇年代か。懐かしいですなあ」

顔をほころばせながら、そんなことを呟く。三船の顔を見ながら梢は考えた。どんな年齢のシニアにだって青春時代はあったんだという、そんな至極当たり前のことを思い出させられた。

しかつめらしい顔つきに戻って三船が言った。

「今日は意を決して声をおかけして、本当に良かったと思っております。これで明日より、心おきなくリサーチ業務に取り組むことができそうです」

「よかったです。思う存分にやってみてください」

「承知いたしました。私はこの店も久しぶりなので、もう少しばかり飲んでいきます。僭越ながら、ここの払いは私がしておきますから、朝井さんにはお帰りいただいて構いませんので。お引き止めしてしまい誠に申し訳ございませんでした」

アルコールのせいか、いつもより雄弁である。酔いも手伝って、梢はちょっとからかってみたくなった。

「私がいちゃ邪魔ですか？　一人で飲むほうがお好きなんですか？」

三船が目に見えて慌てふためいた。

「いえ、そ、そんなことは……私と違って朝井さんは、仕事や用事もおありで忙しいかと思いまして……」

「このお酒、飲み口がよくておいしいので、もう一杯いただいてもいいですか」

三船が注いでくれようとしたのでそれを断って、手酌でぐい呑みに注いだ。華やかな香り、そして旨みと酸味とのバランスがとれた酒だった。

仕事の話はおしまいということで、とりとめのない世間話をするうちに、梢は例の【恋は人を盲目にするが、結婚は視力を戻してくれる】という格言を口にしてみた。現実のところはどうなのか、経験談を知りたくなったからだった。

三船は、自分の妻が亡くなった話をした後で、こう言った。

「私の場合は見合い結婚でしたから、本音を言わせてもらえれば、盲目になる経験もしてみたかったという気もしないでもありません」

「私が結婚するとしても、実際そうなったら自分がどうなるのかわからないから、それが不安で」

「先が見えないから恐い、それは本心だと思います。先が見えないと言えば、年をとってくると足下がおぼつかなくなってきて、それも恐いことですよ。私の知り合いも転んで骨折して、そこからリハビリを頑張ったけど、歩けるようになるまで二ヵ月もかかったそうです。その話を聞いて以来、私も歩くときは本当に気をつけるようにしていて……えーと、何の話でしたっけ？」

梢は思わず噴き出した。高齢者と話していると時々こういうことがある。三船は照れ隠しをするように、自分のぐい呑みに酒を注いだ。

「いやぁ、面目もありません。これくらいの年齢になると、会話や他の話をしているうちに本題を忘れてしまうなんて、しょっちゅうなもので。今日は少々飲みすぎです」

こんな三船の言動は、梢の心をゆっくりほどいていった。手酌も何杯目になったか忘れた頃には、気がつけば結婚で迷っていると相談してしまっていた。酒に強いのか、飲みすぎという割には、三船は顔にも出ないし呂律《ろれつ》もしっかりしている。

「不躾《ぶしつけ》なことを伺いますが、お相手の方とは定期的に会えているんでしょうか。朝井さんの仕事ぶりを拝見していると、本当にご多忙そうなので、そんな時間が取れるものか、話を聞いていて心配になったものですから」

「正直、ここ何ヵ月かは、あまり会えてませんね。向こうは会う時間を摺《す》り合わせてくれてるんですが、たまに会ってもデート中にスマホでＷｅｂメディアの動向をチェックしたりして、向こうをしらけさせてしまうような状態で」

「それは……困りましたね」

三船は心配そうに眉をひそめると、しばらく考え込んだ。そして不意に、こんなことを言った。

「この間新聞に最新の調査が載っていて、老後も配偶者と一緒に暮らしたいと考える人の割合は、なんと八割を超えているそうです。これは何を意味していると、朝井さんは思われますか？」

「わかりません、結婚してない私には。でもそう思ってる人の割合って、意外に高いんだなとは感じましたけど」

「この世の中に絶対はない、ということじゃないかと思うんです。あくまで個人的な感想ですが」

首をひねった。いまの言葉が深いのか浅いのか、よくわからない。

「見合い結婚を考えてみてください。ほとんどの男女は結婚するまで見知らぬ他人同士です。全ての夫婦は元々他人ですから。それがある一定の年月を一緒に過ごすうち、いろいろな角が取れてきて、だんだんと息が合うようになってきます。私もそうでした。特に見合いにはいろいろな人が関わってくるだけに、上手くいかないからといってすぐ投げ出すわけにはいかない」

「我慢するということですか」

「その通りです。我慢を一切していないという人間は存在しませんから。つまり夫婦についても、この世の中で絶対的に相性がいい夫婦なんていない、ということではないかと思うのです」

「夫婦喧嘩は犬も食わない、なんて古い格言もありますね」

そこで三船は少しだけ淋しげな顔になった。

「私の場合、妻に先立たれてしまいましたから、いまでは喧嘩もできません。格言といえばこんなものもあります。男やもめに蛆《うじ》がわき、女やもめに花が咲く……まあ、なるたけそうならないよう、まめに掃除だけはするようにしてますが」

そう言って自嘲的に笑い、不意に真顔に戻って言った。

「嫌だと思う場合は、答えていただかなくて結構ですが、朝井さんとお相手の方とで、共通して嫌いなものはありますか」

「嫌いなものですか？　好きなものじゃなくて」

「そう、嫌いなもの。モノでもコトでもヒトでも構いません」

少し考えて、答えた。

「若い子たちがよく使う、短縮言葉でしょうか。〈おめ〉って何のことかと思ったら、おめでとうの略だった、とか」

三船が大きくうなずく。

「なるほど、同感です。なぜこんなことを訊いたかと言うと、これは結婚に限ったことじゃないかもしれませんが、一緒にいる男女が気を使わずリラックスできるのは、嫌いなものが同じなほうが良いと、何かで読んだことがあります。好きなものより、嫌いなもの」

「へぇ、そうなんですか」

「例えば、二人で嫌な奴のことを一緒に貶《けな》しあったら、すごく盛り上がるでしょう。私もよく妻と、共通の親戚の悪口を言い合ったものです。ご参考までに」

少しいたずらめいた笑いを浮かべて言った。この三船さんという人は、どこまで本気で言っているのだろう。けれど確かに一理あるなと思った。同僚と飲むとき、嫌な上司の悪口が恰好の酒の肴になることは、会社員なら誰でも知っている。

「わかりました。ぜひ参考にさせてもらいます」

「最後に一つだけ言わせていただければ、結論を急いだり慌てる必要なんか全くない、ということは憶えておいてください。じっくり考えて考えて、そして最後はエイヤっと決める、それでいいと思います。老婆心ならぬ、老爺心《ろうやしん》ですが」

またスベった、と思ったのに、不覚にも梢はつい笑ってしまった。酔いのせいで油断した。

「そしてさらに、最後にもう一つ言わせてもらいます。何かを手に入れれば、何かを失うと、ある作家が言いました。その通りだと思います。結婚することで、何かを失うかもしれない。何かを得るかもしれない。失うことを恐れ過ぎては何もはじまらない。これもまた一つの真実ではないかと思うのです」

アルコールでもうろうとした頭でも、ひとつわかったことがあった。この三船さんという人は、年を取ることを弱みと取るだけでなく、強みにできないかと考えているのではないか、ということだった。

本人にそのつもりがあるかどうかは不明だが、老化というネガティブに捉えられがちな現実は一面で認めつつ、しかし根っこの部分では、どこか愉しんで受け入れようとしているのかもしれないという気がした。そしてあわよくば、そんな自分をどうにかして生かす方策はないかと考え、行動しているのかもしれない。

あまりに好意的な見方にすぎるだろうか。けっこう酔っ払ってるな、自分……。

そろそろ限界だなと思い、もう少し飲んでいくという三船を残して店を出た。

夜風にあたりながら駅へ向かう喧騒の中を歩いていると、いつの間にか気分がちょっとだけ明るくなっていた。不思議な感覚だった。

結婚の迷いと悩みが解決したわけでは、全然ない。けれど、時間をかけて考え、迷い、悩んでいいんだと、それはごく当たり前のことだと知って、心が軽くなった。すでに自分の中にあったものに気づかされただけかもしれないのだが。

彼が話した内容はふつうのことかもしれない。けれど同じ言葉でも、どんなシチュエーションで誰が言ってくれるのかによって、人への伝わり方は大きく変わるものだ。

駅に着いた頃には、梢はいつしか上司の気持ちに戻っていた。

三船さんがいなくても、うちの部署は回る。元々そうだったのだから。でも、いてくれるほうが、ちょっとだけスムーズに回るのかも。そんな気がしていた。

＊

数日後のことだった。梢が自販機コーナーで一息ついていると、後から入ってきた相沢がぼやいた。

「朝井さん、三船さんに困ってます。あれ、ハラスメントです」

「三船さんがハラスメント？　何の」

あの三船とハラスメントという単語が、どうしても結びつかなかった。

「駄じゃれですよ」

意味がわからず黙っていると、相沢はペプシコーラを買って蓋を開け、喉を鳴らして一気に半分ほど飲んでから、振り向いた。

「三船さん、僕が仕事一段落した頃合いを見計らって、急に駄じゃれを飛ばしてくるんです。あれはもうハラスメント、立派な〈駄じゃハラ〉ですよ」

「駄じゃハラって……何でもかんでもハラスメントにしないでくれる？　昭和生まれのシニアは駄じゃれ好きの人が多いんだから、それくらい我慢して」

「そんなこと言われても、面白いんだったらまだいいんですけど、笑えなかったり、そもそも元ネタがわからないのが多いんですよ。それに僕たちがやってる昭和のネタに食いついてきて、駄じゃれマガジンがあったら面白そうじゃないか、とか訳のわからないこと言い出す始末で」

最後のほうは、独り言のぼやきみたいになっていた。何はともあれ三船が部内の人間と打ち解けてきたのなら、悪くない傾向ではある。

Webマガジン〈ザ・昭和〉号外版の〈駄じゃれマガジン〉、責任編集・三船耕治……。ちょっと笑えそう。自分の脳内妄想に、梢は小さく噴き出した。

〈ザ・昭和〉は、中高年にとっては懐かしく、若い世代にとっては新鮮な時代として昭和を新たな視座から見直し、再提案していくことを目指していた。昭和レトロのかわいい感じというよりは、よりディープな昭和の時代の文化や事物を掘り下げて紹介する、いわば温故知新が主題だ。

「ところで〈ザ・昭和〉のほうの準備は順調？　予定通りに公開できそうかな」

「順調といえば順調ですけど、予定日時に公開できるかはビミョーなところかもしれないです」

インターネット上での公開は、三週間ほど先に迫っているはずだった。

「ビミョーとか言ってないで、何としても予定に間に合うようにしてよ。Web版とはいえ、相沢くんにとって初めての雑誌創刊なんだから。ちょっとでもわからないとか迷うところがあったら、私でも片岡さんでもいいから相談して」

「わかってますよ。七、八〇年代の音楽関係の記事は、いま外部のライターに依頼して書いてもらってますけど、創刊号だけに、僕も全身全霊をかけてますから大丈夫です。任せてくださいって」

相沢は調子はいいのだけど、いまいち緊張感に欠けるところがある。片岡が責任者でついていてくれるとはいえ、若干の不安と心配は拭えない。梢の気持ちを知ってか知らずか、相沢が言う。

「もしも、この昭和編をうまく軌道に乗せられれば、シリーズでWebマガジン〈ザ・平成〉も視界に入ってきますからね。乞うご期待ってことで、ほんとに気合い入ってますよ」

頑張って、と言い残して編集部に戻った。不安になってきたので、念のためWebマガジンの進行状況を片岡に確認しておこうと思って姿を探したが、不在のようだった。内容の大まかなところは聞いているものの、細部に関してはタッチしていない。梢は大きな方向性、そしてデザインや見せ方など全体のトーンを判断して指示していた。

創刊号の特集は確か、一九七〇〜八〇年代の音楽、国内外のロックやジャズの名盤から選《え》りすぐったレコードやCDを紹介する予定だった。正直、梢にはちんぷんかんぷんだが、片岡と相沢が乗り気なのだ。

創刊以降の特集テーマも、片岡と相沢は打ち合わせを重ねて詰めていた。〈ザ・昭和〉創刊号では〈昭和を聴け！〉と題してレコードとCDを、そして次号以降の〈昭和を遊べ！〉ではビリヤードのプールバーや温泉卓球、ピンボールなど、さらに〈昭和を読め！〉で小説や漫画、〈昭和を見ろ！〉で、高度成長期のサイケデリックなデザインや、バブル期の百花繚乱《ひゃっかりょうらん》だった広告やイラストを紹介……という具合である。

昭和という時代を、実体験としては知らない片岡と相沢だが、だからこそ新鮮な視点が生まれる可能性があるし、そのコンビに期待してみる価値はあると考えていた。

外での打ち合わせから社へ帰って編集部に行く途中、スマートフォンが振動した。廊下に立ち止まって確認すると、恋人の一志からのラインだった。このところ前より頻繁に連絡が来るようになっていた。

梢はといえば、創刊号に向けて大詰めの段階で、とても会える時間などつくれそうにない。しかも公開となった暁には、Ｗｅｂメディアの特性として時々刻々更新していかなければならなくなる。責任者として、記事の反響も随時チェックしていく必要も生じる。

そうなってしまったら、これまで以上に夜も休日もない業務へと突入してしまう可能性が高いはずだ。大丈夫なんだろうか、私たち……。

心の中で（ごめん）と謝り、既読スルーにしたまま編集部へ向かった。

ふと思い出して三船の席を見たが、不在だった。隣席の相沢がいたので、近づいて尋ねてみた。

「三船さん、最近どんな感じ？」

見上げた相沢の目が血走っていた。創刊号の公開を間近に控えて、相当テンパっているようである。

「さあ、ここのところ、ほとんど席にはいませんね。朝井さんからリサーチ業務を頼まれたって、すげぇ嬉しそうに話してくれましたから、資料室にでも閉じこもって昭和のこと調べてるんじゃないですか」

片岡の席へ行くと、パソコンのディスプレイを睨みつけて、疲れ切った様子で何事か調べていた。

「お疲れさま、こちらも忙しそうね」

一瞬こちらを見ただけで、すぐに画面に目を戻す。三船のことを訊くと、やはり最近は、朝夕以外に見かけることが滅多にないとの答えだった。

「リサーチの進捗具合、気になるんですか？」

「何しろ三船さんにとっては初めての仕事だから」

「それだったら、心配しなくていいと思いますよ」

片岡はディスプレイを見つめ、時折キーボードを叩きながら言った。器用なものだなと思う。目と手を使いながら全く別の話をするなんて、自分にはとてもできない芸当だ。

「というより、驚きましたよ、僕」

リサーチを依頼されたことを知っていたので、廊下で会った際、三船にようすを訊いてみたのだという。

「最初のうちは、社内でネットを使って検索したり調べたりしていたそうです。でも途中から、どこか物足りないというか、食い足りない気がしてきたので、足を使ってリサーチしてみることにしたそうなんです。足で調べるって刑事かよ、って話ですけど」

なんでも、自分のやりやすい方法を考えるうちに、やはり本だと思って図書館や古本屋に通うようになった。昔から調べ物をするときはそうだったから、やってみたら非常にしっくりきた。そして、ある本の存在を知った。

「古本屋を巡ってたときに、『日録20世紀』という本を見つけたんだそうです。二十世紀の百年分を、一年一冊の雑誌スタイルでまとめたものだそうですけど、知ってます?」

「うん、確か二十一世紀になる前後に、いろんな出版社から出た総集編的なものの一つだよね。でも、一年一冊ということは、全部で百冊もあるということ?」

「最初に刊行されたときは、そうだったようです。でもその後、十年分を一冊にまとめた合本が出て、三船さんが見つけたのはそれだったようです」

その年起きた出来事や事件のニュースを網羅し、文化や芸能、流行した商品と注目の人物等々が、各年毎に掲載されていた。家に帰って目を通してみたところ、これが面白くて読むのが止まらなくなった。〈20世紀博物館〉や〈モノ語り〉という流行した商品が紹介されているなど、そんな出版物があることを知らなかった三船は、昭和を探るには恰好の資料だとよろこんだ。

「古本屋で見つけて、まずは一九七〇年から一九七九年と、一九八〇年から一九八九年までの分厚い二冊を買ったそうです。あ、領収書があれば経費で落ちますからと伝えておきました。良かったですよね」

「もちろん。でも、家に帰って読んだと言ったけど、三船さん、もしかして休日も資料探ししてたの？」

「そのようですね」

休みの日まで家で仕事をしてるなんて……人のこと言えないけど。

「ここまででも十分にやる気がみなぎってる感じですけど、さらにその先があるんです。その『日録20世紀』で気になった項目を、レポートパッドに一覧で書き出して、今度はそれを図書館へ持ち込んで、一件一件詳しく調べてる最中のようですよ。素直にすごいなと思いました」

「リサーチャーの鑑《かがみ》みたいな行動力だね」

「話を聞いたとき、バッグから取り出してみせてもらったレポートパッド、すでに三冊ほどありました。あの調子だと昭和の第二弾以降の素材も、当分の間は事欠かないですよ」

感心した。最初に大きな枠組みとなるものを探して、そこから興味や関心のあるものをピックアップし、次はそれを一つずつ丹念に資料へ当たっていく。

やりやすい方法でと言った梢の言葉を、三船なりに咀嚼《そしゃく》して行動に移しているらしかった。古本屋経由、図書館とは、調べ方としては普通だったのだろうけど、いまの時代からすれば古色蒼然《そうぜん》たる手法と言えるかもしれない。

片岡が、ぼそりと呟いた。

「昭和の人って、やっぱり昭和に詳しいんですよね」

「当たり前だよ、昭和の人だもん」

二人で顔を見合わせて噴き出した。

「僕は昭和の仕事のやり方って知らないんですけど、昭和をリサーチする、そのやり方までもが昭和的というか」

昭和に詳しくて、仕事のやり方まで昭和、か。

（……ん？）

梢の脳裏の端っこを、何かがかすめて通り過ぎた。何か素晴らしい思いつきが浮かんだ気がしたのだが、あっという間に消えてしまった。

「いまの時代、ネットで検索したほうが早いし情報もたくさん集められるから、それが当たり前だと思ってたけど」

梢がそう言うと、片岡は手を止め、半身でこちらを向いた。

「特にデジタルネイティブ世代にとっては、確かにその通りなんですよね。ただ、こういう時代になっても、全部が全部ネットだけで完結できるかと言ったら、必ずしもそうとは限らないじゃないですか」

「紙の本でしか探せない情報って、まだたくさんあるもんね。本に載ってる情報の信頼性には優位性があるっていうか、安心感もある。どんなリサーチ結果が出てくるのか、いまから楽しみ」

「そもそも僕らが働いてる会社って、出版社ですしね」

梢は大きくうなずいた。高齢の新人社員から、既存の社員が学べることもある。こんなところにも、シニアチャレンジ雇用の利点はあるのかもしれないと感じていた。

*

「ヤバいです、梢さん、クレームが殺到しちゃってます！」

その日、営業部の田宮佳奈が小走りに駆けて来て言った。

「クレームって、何の」

「〈ザ・昭和〉です。Ｗｅｂマガジンに書かれてる内容が間違いじゃないかっていうメールが、山ほど届いてるんです」

Ｗｅｂマガジン〈ザ・昭和〉が公開されてから一週間ほど経過していた。

「間違い？」

「昔の音楽の名盤として紹介したものの、内容が違ってるって……私も詳しいことはよくわからなくて、いま片岡さんたちが対応にあたってます」

社内では、アルバイトも含めてインターネットにつながるパソコンを一人一台持っており、それとは別に部署共有の大型Ｍａｃがある。ただし、社用メールや社外秘のワークフロー、スケジュール管理、ファイル共有などは、外部ネットワークから遮断された社内専用ポータルサイトを利用することになっていた。

Ｗｅｂマガジン公開と同時に、読者が感想などを書いて送ることができる「ご意見及びお問合わせ」という投稿フォームを設けてあったのだが、そこへ大量のクレームメールが届いているという。佳奈とともに片岡たちのいる大型モニターへと向かった。

「スパムメールとかじゃなくて？」

「うーん、それも私にはよくわかんなくて」

片岡と相沢が並ぶようにパソコンデスクに座り、大きなモニター画面を睨みつけていた。

「片岡さん、どうしたの。いったい何が起きてるっていうの」

二人が同時に振り向いた。青ざめた顔の片岡が言った。

「まずいです。載せた記事に間違いがあったらしくて、なぜか知りませんけど、激怒してるようなメールがバンバン届いてて……」

梢もモニターを見た。おびただしい数の未開封メールが並んでいた。未開封の件数表示は百数十件に上っている。

「その間違ってた記事って、どんな内容？」

「〈いま聴くべき名盤〉という特集での紹介なんですけど、日本は柳ジョージ&レイニーウッドの一九八〇年発売の『Woman and I』。そしてアメリカが、七〇年代のスティーリー・ダンっていうバンドで、問題はこれに関する記述らしくて」

スティーリー・ダンは、当時フュージョンと呼ばれたカテゴリーで、高い音楽性と先進的な音作りで知られ、コアなファンが多かったバンドだという。片岡に尋ねた。

「それの、いったい何が問題になってるのかな」

「この記事は、ライターに頼んだものなんですけど……」

相沢はうなだれて、釈明するように説明した。

そのライターは幅広いジャンルを手がけている人物だが、創刊準備が遅れに遅れたため、正式な発注も遅くなってしまい、かなり無茶なスケジュールの中で進めてもらう羽目に陥ってしまったのだという。実は彼は、昭和の時代の音楽には詳しくなかったそうだが、締切も迫っていたこともあり、ついネットの情報や記事を継ぎ合わせて、結果、誤った内容の記事をでっち上げてしまった。

編集部側も同様にスケジュールに追われていたため、相沢は片岡が、片岡は相沢が検証したと思い込み、記事内容の検証をおろそかにしてしまった——。

梢は何度かうなずき、それから疑問をぶつけた。

「話はわかった。でもそれで、どうしてここまでクレームが殺到してるんだろ」

うーん、と片岡が首をひねる。

「僕もまだ、いまいち把握しきれてないんですけど」

「あ、三船さん！」

突然、相沢が叫んだ。

「なに、三船さんがどうしたの」

「三船さんだったら、この時代の洋楽に詳しいはずです。前に昭和のことで雑談してたときに、そんなようなことを言ってました。僕、行って訊いてきます」

起きてしまったことは仕方がない。問題はこれにどう対処するかだと、梢が思案していると、相沢が三船を連れて戻ってきた。

片岡が状況を説明すると、三船は隣のモニターに映し出されたWebマガジンの当該記事を、食い入るように見つめた。右手で顎のあたりを押さえるようにして熱心に読んでいる。

周りが固唾を飲んで見守っていると、三船が言った。

「確かに、この記述は誤りです。記事には、このアルバム録音時のメンバーがスティーリー・ダンというバンドのメンバーである、と書いてあります。これだと、まるで固定したメンバーであるかのような書き方ですね。書いた人の勘違いか、そもそもバンドではないことを知らなかったのか、いずれにせよ間違いであることは事実です」

「やっぱり、間違ってたのか」

片岡が絞り出すように呻くと、相沢はかわいそうなほどうなだれた。三船は二人に語りかけるような調子で話した。

「スティーリー・ダンというのは、最初は六人組のバンドでしたが、途中から徐々に活動のかたちを変えていきました。メンバーを固定した、いわゆるバンドという形態ではなくなっていったのです。当時としては珍しいスタイルで、セッション・プロジェクトとも呼ばれていたように記憶します。軸になっていたのは、ドナルド・フェイゲンとウォルター・ベッカーの二人ですが、そこへアルバムごとに著名なゲスト・ミュージシャンを招いてアルバムを制作するようになっていったわけです。記事でも取り上げている一九七七年の『彩《エイジャ》』というアルバムは、フュージョンの一つの到達点とも呼ぶべき名盤と言えますが、中でもアルバムタイトルにもなっている〈彩《エイジャ》〉という曲に焦点を当てている。そうですね」

三船の問いかけに、二人はシンクロして首肯した。

「このWebマガジンの記述には、この〈彩《エイジャ》〉という名曲は、フェイゲンとベッカー、そしてドラムのスティーブ・ガッド、テナーサックスのウェイン・ショーターを加えたバンドメンバーの、揺るぎない結束の象徴であり到達点である、と書いてあります。これはメンバーが固定された一つのバンド、という紹介の仕方ですね。しかし当時のスティーリー・ダンは、その正反対でした。当代一流のミュージシャンたちが、アルバムどころか一曲ごとに、入れ替わり立ち替わり参加していたのです。つまり固定されたバンドでは、全くない。特に〈彩《エイジャ》〉という曲のガッドとショーターの二人は、それぞれジャズの世界では、あの頃でもすでに相当有名な、いわゆるゲスト・ミュージシャンです。つまり、スティーリー・ダンというバンドのメンバーという表現にはならないのです」

滔々と喋る三船に、全員が呆気にとられていた。

「すごい……記憶力」

梢が思わず漏らすと、三船は照れ笑いを浮かべた。

「我々のような年齢の人間というのは、昔のことほど、よく憶えてるものなのでね。ことに、若かりし日の印象深い思い出というものは、どれだけ時間が経ったとしても、鮮明な記憶として刻まれております。その一方で、昨日食べたものはもう忘れているんですが」

三船の話は概ね理解できた。確かに記述に誤りはあった。あったが、それにしたって……と、皆の心の声を代弁するかのように、佳奈がどこか納得し難いという顔で口を開いた。

「でもこの記事って、こんなにたくさんのクレームが届くほど酷い内容なんでしょうか？」

三船は、これは個人的な想像ですがと断ってから続けた。スティーリー・ダンという存在は、あの時代のウエストコースト・サウンドの大きな一翼を担っていた。彼らの活動スタイルの独自性そのものが、スティーリー・ダンという先進的で洗練された音楽性、そしてプロジェクトの非常に大きな価値として、広く認識されていた。単なるすぐれた音楽という枠を超えて、音楽というものの可能性を広げようとする貪欲さ、妥協を許さない姿勢が、世界中の多くのファンの心を摑んだ。

その最も重要な、核とも言うべき部分の記述が間違っていたことで、オールドファンは黙っていられなくなったのではないか——。

「もう一つ蘊蓄《うんちく》を語らせてもらえれば、このアルバムのジャケット写真には、日本人初のスーパーモデル、東洋の神秘と称された山口小夜子《やまぐちさよこ》が起用されました。そのことも大きな話題となったと記憶しています」

喋り疲れたのか、三船はしばし呼吸を整えてから言った。

「昭和が主題ということで、自分たちが生きてきたあの時代を、どんな風に掘り下げてくれるのか、それをこの方々は」

モニターに並んだ、たくさんのメールを見ながらつづける。

「とてもとても、本当にとても楽しみにしていたのだと思うのです。なのに、創刊号からこれか、という憤りが噴き出したのかもしれません」

そこで三船は突然、大声で言った。

「ふざけんじゃねぇ！」

一同が、びくりとのけぞった。静まり返って彼を、まじまじと見た。

「……という感じ、なのではないでしょうか」

一同、ホッと胸をなでおろした。

「失礼しました。しかしながら、考え方によっては、今回のこの出来事は大きな期待の裏返しとも言えるのではないかと、私は感じます。ひしひしと、それを感じます」

三船の話が懐古するような調子に変わる。

「そう、あれは確か、一九七七年度のグラミー賞だった。最優秀レコード賞がイーグルスの『ホテル・カリフォルニア』、最優秀アルバム賞にフリートウッド・マックの『噂』、そして最優秀録音賞をスティーリー・ダンの、このアルバム『彩《エイジャ》』が受賞しました。私は当時、二十歳そこそこの若造に過ぎませんでしたが、アメリカのみならず世界の音楽シーンにとって、実に輝かしい年だったと言えるでしょう……そしてスティーリー・ダンには、熱狂的でマニアックなファンが多いと言われておりました。ですのでこの反応も、さもありなんという気もいたします」

「もしかして、三船さんも？」

佳奈の問いに、三船は薄く微笑むだけで否定も肯定もしなかった。相沢が強張った表情で言った。

「まだ創刊号なのにこんなこと言うのはあれですけど、なんか僕、この〈ザ・昭和〉をつづけるのが怖くなってきました」

「でも、それでも、やるしかない」

片岡が決然とした表情で相沢を見た。

「これほど熱狂的に読んでくれる人がいるってことは、逆に考えれば、三船さんも言ったように、ものすごく将来性があると捉えることもできるんじゃないか」

「うん、一つや二つの失敗でくじけて、やめるわけにはいかないよね。まず、記事はすぐに修正しましょう」

梢はそう同調してから、三船に向かって告げた。

「三船さん、アドバイスしてもらえませんか？」

意外そうな顔でこちらを見た。

「今後、Ｗｅｂマガジンの記事を公開前に目を通してもらって、わかる範囲で構いませんから、気づいたところを指摘してもらえないでしょうか。昭和の生き字引として」

「いいですね。僕らとしてもそれなら頼もしい限りです」

片岡はそう言って三船を見た。全員の視線が集まった。

「私などで多少なりともお役に立てるのなら、僭越ながら、お引き受けいたします。これも編集部の仕事の一つだと考えて。そうですよね？」

もちろんです、と梢は答えた。

「業務を任命されて、いろいろと調べておりますが、改めて昭和は実に面白いです」

「お願いします。で、問題はこのクレームの山への対処方法だけど……」

「私に、返信文を書かせていただけないでしょうか」

三船のその提案に虚をつかれ、皆が顔を見合わせた。

「このメールをくださった一人ひとりが、かつての私のようなスティーリー・ダンのファンだと思うのです。朋輩の一人として全てのメールに目を通した上で、こちらの心情も交えてていねいに返事をすれば、きっと伝わるはずですし、好意的に受け止めていただけるのではないかと思います」

「でも、軽く百件以上あるんですよ」

佳奈の言葉に、三船は大きくうなずいてみせた。

「大丈夫、問題ありません。一件ずつ地道に返信してゆけば、いつかは必ず終わります。仕事とは、そういうものですから」

こうして、数多く寄せられたクレームに三船が返信することになった。しかもコピペを一切使わず、一つひとつ、自分の言葉で。前職でも仕事で普通に使っていたそうで、本人曰く「メールは得意でもないが苦手でもない」そうである。

梢がこれまで抱いていた高齢者のイメージとはかなり違うなと、また感心させられた。

クレームメールは全部で百七十四件で、すべて返信するのに二週間近くかかった。そしてメール対応という意味から言えば、それでもまだ完全に終わってはいなかった。

というのも、対応したメールの内容、つまり誤記に関して三船が書いた謝罪文に、再びメールを返信してくる人が続出しているらしかった。クレームを入れてきた人に対して、いわゆるWebマガジンの〈中の人〉が返事をし、さらに三たび返信が来て……というやりとりがつづいているというのだ。

中には今後の特集の題材を提案してくる人もいて、三船を介しての予想外の拡がりに、片岡たちも「アナログとデジタルが融合した」と面白がっている。

遊軍的な立ち位置の三船だからこそ可能という側面はあるにせよ、結果的にはWebマガジン〈ザ・昭和〉の、延いては会社のファンを増やしたことになるわけだから、正真正銘、神対応と言えるだろう。

「おかげさまで、Webマガジンを通してメル友のようにやり取りさせていただいてます。好きなことに関するやりとりができるのですから愉しいですし、やり甲斐があります。これを仕事と言っていただけるとは申し訳ない、そう思えるほどです」

三船はそう言って破顔した。メル友という単語も久しぶりに聞いたが、心の底から楽しんでいることが伝わってきて、梢もようやく仕事に落ち着いて取り組めるようになった。同時に、シニアチャレンジ雇用の上手な活用法の一つを見つけたという気がしていた。

それもこれも三船という人材のおかげだった。これまでの人生経験や、そこで培ってきた人間力や知恵、時には予想外な言動も含めて、やはり人生の先達から学ぶことはあるものだと、つくづく感じさせられた。

アクセス数も、爆発的ではないけれど漸増していた。

「取っ付くのに時間はかかりますが、その分、夢中になったらしつこい。それが我々の世代です」

三船はそう言った。何より、いまの三船は本当に愉しそうに見える。仕事をいまよりもっと愉しめる、いつか自分にもそんな日が来るだろうかと梢は思った。

＊

クレーム処理の件も一段落つき、梢は三船に声をかけ、たまに部内で飲みに行く和食屋で飲むことにした。ちょっとしたご苦労さま会の気持ちもあったが、他にいくつか思惑もあった。

実はこの間、片岡と話していて一度は思いついたはずが、すぐに忘れてしまったことがあった。やっと思い出したから三船に提案してみようと考えたのも、誘った理由の一つだった。

店で注文を済ませると、まず最初にクレーム処理の件での謝意を改めて伝えた。雑談も落ち着いた頃、梢は箸を置いて切り出した。

「以前お話しした件、前向きに考えてみることにしました」

「以前……ああ、結婚のことですか」

「あのとき一緒にお酒を飲んでいて、三船さんが言ってくれました。何かを手に入れれば何かを失う、って。結婚が手に入れるものなのかどうか、私にはまだいまいち、よくわかっていませんけど、とにかく真剣に考えてみるつもりです」

三船はぐい呑みを傾けると、ひと口飲んだ。

「朝井さんの中では、すでに答えは出ていらっしゃるのでは」

顔を上げて、ちらりと見る。

「……という気もしますが、おめでたいことで何よりです」

「いえ、まだ最終的に決めたというわけではなくて……」

三船は、わかってます、というように手のひらを向けた。箸を置くと、ぐい呑みを軽く上げて乾杯の仕草をした。梢も同じように上げ返した。いや、だから、まだ最終的には決めてないんだけどなと思いつつ、それでも九割方、気持ちは固まっているか、と思い直す。

残りの一割は、自分の勇気だった。未知の何かへ飛び込む勇気だ。子どもの頃から決断を下すのが苦手で、いざ決めたときには遅きに失して、という経験をくり返してきた。そう、何かを失うのが恐い。自分が傷つくのも恐い。

でも、最初から失うものだと言い聞かせていれば、いざそうなったときでも、少しはじたばたしないで済むかもしれない。三船さんなんて、こんな年齢になってさえ、新しい世界でチャレンジしているじゃない。スべったり失敗したりもしてるじゃないか、そう思えるようになった。

年齢という条件で何かが出来ないというのは、実は言い訳だ。年齢と精神年齢は、あまり関係ないのかもしれない。三船を見ていて、そう考えるようになった。

「この夏に、孫がね」

三船が言った。

「お守りを買ってきてくれたんですよ。仙台の娘婿の実家へ行って来た、おみやげに」

「へぇ、お守りを。いいお孫さんですね」

それ以上の感想は浮かばなかった。けれども三船の表情が、不意に柔らかくなったことには気がついた。革鞄から取り出しながら言う。

「食べるものとか、そういうみやげじゃなくて、一人暮らしをしてるじいちゃんの身を案じて、お守りをくれたっていうのが何だかうれしくてね……だからこうして、いつも持ち歩いてるんです」

テーブルの上に置く。手のひらサイズのキーホルダーには〈仙台弁こけし〉とイラストが描かれ、〈んだ〉と吹き出しが付いていた。

「うわぁ、これ、かわいいですね」

相好を崩す三船の、全身から嬉しさが滲《にじ》み出ているようすを見ていると、梢まで心が和んだ。クレーム処理のときに見せた、青春時代を語っていた姿とも違う感じで、好々爺《こうこうや》という言葉がよく似合う。

そのお孫さんがよほどかわいいらしく、みやげの仙台弁こけしをきっかけに、孫自慢が止まらなくなった。息子や娘自慢と違い、孫自慢はどうしてこんなに嫌味がないのだろうと感じながら聞いていた。

時々一緒に二人だけでステーキを食べる話、テニス経験者だという三船さんが、近々お孫さんに手ほどきする予定であること等々、取るに足らない日常的な話題がなぜか心地よかった。

仙台にいるという孫の父方の祖母が、一人でカラオケやパチンコへ行くというエピソードは少し意外だったが、お年寄りもいろいろなんだなと勉強になった。

杯を重ねつつ、次々と変わってゆく話題に耳を傾けながら、奥さんを亡くしての一人暮らしだから、話したい事柄がいっぱい溜まっていたのかなとも感じた。

話がひと息ついたところで、梢は冗談めかしてこう尋ねた。

「三船さん、まだ酔ってませんよね？」

口に運びかけたぐい呑みを止め、こちらを見る。何かを察したらしく、真顔で杯をテーブルに戻して答えた。

「ええ、大丈夫。まだしらふで……いや、しらふは嘘か。少々酔ってはいますけど、まだ頭はしっかりしておりますが」

「この間、片岡さんと話してたとき、昭和の人はやはり昭和にくわしいなという話になったんです。そして仕事も、昭和のリサーチ業務の進め方も、昭和らしいやり方なんだなって。あ、念のため言っておきますが、これ最上級のほめ言葉です」

無言でうなずく。

「そのとき私、ふと思いついたんです。そうか、せっかく〈ザ・昭和〉のWebマガジンなんだから、ザ・昭和な人に任せればいいんじゃないかって」

三船が、じっと見つめ返す。いったい何を言おうとしているのかわからない、そんな風情である。確かに唐突で、いきなりな感じはあるけれど、でも同時に梢なりの確信があった。うん、上手くいくはずだ。

「ひとつ提案があるんですが、聞いてもらえますか」

ゆっくりとうなずく。

「三船さん、編集長をやってみませんか？」

無表情だった。あまりに予想外の出来事に直面すると、人はこんな反応を見せるのかもしれない。三船は真剣な表情のまま言った。

「朝井さん、もう酔ったんですか？」

梢は慌てて否定した上で、背景を説明した。

うちの会社は、Ｗｅｂメディアや実験的にやってみる小さなプロジェクトなどでは、社内の役職とは別に、適任と思われる社員が編集長になって進めるというケースが、ままある。

創刊号の例の一件における対応で、クレーム相手の一部を逆にファンとして取り込んでしまったことは、三船の人間力と誠実な対応の結果でもあること。リサーチでは、ネットだけに頼らず図書館や古本屋に足を運ぶことで、ネットではリーチできない情報を収集してくれたこと。

何より〈ザ・昭和〉というテーマである媒体特性を考えると、やはり昭和を長く生きてきた人には一日の長がある。肌で感じてきたから、当時のニュアンスもわかる。

シニアチャレンジ雇用制度で、初めてうちの会社に入ってきた三船が、このプロジェクトの編集長になることで、自分も含めた若い社員では気づかないことを指摘してもらったりできれば、内容をさらに改善していけるかもしれない。そうできると自分は信じているし、このメディアに三船が培ってきたものを掛け合わせれば、もっと面白いことができそうな予感がある。

これからの社会で、未来を連れてくるのはシニアかもしれません。高らかに、そう宣言してしまった……言い過ぎか？

「お話はわかりました。酒の席の冗談ではないことも、承知しました」

「それじゃ……」

「丁重にお断りいたします」

想像もしていなかった返事に戸惑っていると、三船は言った。

「いくらなんでも入社間もない、しかも、このように年のいった者に、編集長などという大任が務まるとは到底思えません。あまりにも分不相応であります」

梢の頭にケロロ軍曹の顔が浮かぶ。こんなときに、不謹慎だけど。

その後も何度か押し問答がつづいた。あまりにわからず屋なので、つい梢の口から言葉が漏れた。

「……あんたはケロロ軍曹か」

「ケロロ……なんですか？」

耳がいい。年なのに。あくまで分不相応を理由に、頑なに固辞する姿勢を崩そうとしない三船に対し、梢は最後の強硬手段に出ることに決めた。

大きく息を吸い込んでから、大きな声で告げた。

「三船耕治殿。あなたをＷｅｂマガジン〈ザ・昭和〉編集長に任命する！」

自分で言っておきながら、一瞬ののち、梢は思わず笑ってしまった。それに釣られたのか、三船も噴き出している。

「命令口調、できてました？」

二人で呵々大笑し、同時に杯を飲み干した。しばらくその件には触れず、黙々と肴をつつき、酒を飲んでから、三船はまるで違う話をはじめた。

「私くらいの年になるとね、幸せは、ささやかなのがいいんです。大きな幸福なんてものよりも、ささやかな幸せのほうが、しっくり来るんです」

あのキーホルダーを手に取り、しみじみとそんなことを呟く。自分なら、幸せは小さいよりも大きいほうがいいなと、梢は思う。プリンだって、小さいのより大きなほうが食べ応えがあるし。

自分はまだ若く、欲張りなのかもしれないとも思う。そして三船の感情や固辞する姿勢は、ある種の諦観なのだろうか。

心の声が聞こえたとでもいうように静かに三船が言う。

「老いるということは、哀しいことでもあります。若い時分には出来たことが、一つずつ、少しずつ出来なくなっていく。でもその分、ささやかな幸せ、ささやかな悦びを感じ取ることもできるようになります。子どもの頃から活字好きだった私が、この年になって出版の仕事に関われるようになりました。これは大きな幸せです」

「ささやかなのが良かったのでは？」

「どっちもいいのです、幸せなら。ささやかというのは、あくまで個人的な希望なのです」

「シニアチャレンジで入社した三船さんに、編集長を打診するなんて、ささやかじゃなくてすみません」

いえいえ、と三船は手を横に振る。持っていた杯をテーブルにトンと置くと、顔を上げた。眼差しに力を込めて、静かに言う。

「編集長という役に任命された以上、与えられたその大役を全うできますように、誠心誠意、職務に当たらせていただく所存であります」

三船は深く長く、頭を下げた。梢も同様に礼を返し、それから杯を上げてもう一度乾杯した。飲み干した三船の顔は、高揚のためか赤かった。そして、こんなことを尋ねてきた。

「親父の小言と冷酒は後で効く、という諺を聞いたことはございますか」

「ええ、何かで読みました。確か、小言も冷酒もすぐじゃなくて、後から徐々に効いてくるっていう例えですよね」

「違います」

きっぱり否定されたので驚いた。三船は真面目な顔でつづけた。

「つまり、冷酒は飲み過ぎると二日酔いになるということです」

梢の頭は疑問符で一杯になった。三船は空の杯になみなみと酒を注ぐと、一気に飲み干す。

「こんな風にね……いやぁ、兎《と》にも角《かく》にも本日は、めでたい！」

そう言って、あっはっはっと豪快に笑う。そうか、いまのは笑うところか。わかりにくいなぁ。

会社へ来て最初の、あのスピーチを思い出していた。スベることを物ともしない三船さんの、この世代の鋼のメンタリティーは見習わなくちゃな。酔いが回りつつある頭でそう思う。

そこで（……ん？）と気がついた。冷酒はそれでいいとして、親父の小言のほうはどこへ消えたんだ？

快活な三船の笑顔を見ながら思う。一見、実直そうな表の顔に隠された、一筋縄ではいかない裏の顔も持つ、それがこの世代の人たちだぞ――。

そんな風に自分を戒めつつ、梢はそっと眉に唾をつけた。

老兵は　消えるどころか　今も増え

本作は書き下ろしです。

左記に掲載させていただいた川柳は、仙台圏のシニア情報紙「みやぎシルバーネット」投稿句です。ご協力ありがとうございました。

P44 P78 P97 P115 P139 P158 P190 P191 P262

シルバーの自覚《じかく》ないまま年《とし》は増《ふ》え

三浦明博

一九五九年宮城県生まれ。明治大学商学部卒業。仙台の広告制作会社でコピーライターとして勤務。八九年にフリーに。二〇〇二年『滅びのモノクローム』で第四八回江戸川乱歩賞を受賞し作家デビュー。他の著書に『罠釣師トラッパーズ』『コワレモノ』『失われた季節に』『黄金幻魚』『五郎丸の生涯』『逝きたいな ピンピンコロリで明日以降』などがある。
第一刷発行 二〇二五年三月二四日

著者 三浦明博《みうらあきひろ》
発行者 篠木和久
発行所 株式会社 講談社
〒一一二-八〇〇一 東京都文京区音羽二-一二-二一
電話 出版 〇三-五三九五-三五〇五
販売 〇三-五三九五-五八一七
業務 〇三-五三九五-三六一五

KODANSHA

本文データ制作 講談社デジタル製作
印刷所 株式会社KPSプロダクツ
製本所 株式会社国宝社

定価はカバーに表示してあります。
落丁本、乱丁本は購入書店名を明記のうえ、小社業務宛にお送りください。送料小社負担にてお取り替えいたします。なお、この本についてのお問い合わせは、文芸第二出版部宛にお願いいたします。本書のコピー、スキャン、デジタル化等の無断複製は著作権法上での例外を除き禁じられています。本書を代行業者等の第三者に依頼してスキャンやデジタル化することは、たとえ個人や家庭内の利用でも著作権法違反です。
©Akihiro Miura 2025,Printed in Japan
ISBN978-4-06-538166-3 N.D.C.913 262p 20cm

三浦明博の好評既刊

60代〜アラ100《ハン》男女7人が
笑い、泣き、困惑し、挑戦する！

逝きたいな
ピンピンコロリで　明日以降

認知症が心配になるほどのもの忘れ、墓じまいをめぐる親戚騒動、定年後の夫とのうんざりする暮らし。問題解決を試みるも頭は回らず、集中力は続かず、あまつさえ膝に水まで溜まる始末。それでも明日はやって来る。それどころか明後日も。思ったよりも人生長い。それならば——**人生100年時代の新・シニア像を描く7編！**

講談社　定価：1870円（税込）

※定価は変わることがあります。